KB194259

반짝반짝 김예원

21살 그리고 중환자실

반짝반짝 김예원

고나은 소설

온유

어쭙잖은 위로가 아닌 어리숙한 진심으로 기억되길.

차례

1

예나는 예원보다 감정이 풍부한 사람이어서 모든 일에 '적당히'가 없다. 물론 사랑하는 언니이지만, 하루 종일 겪은 일을 조잘조잘 떠들어야 하고 느끼는 모든 감정을 표현하다가 갑자기 화도 내고 갑자기 울기도 했다가 박장대소하기도 하는 예나의 성격이 예원은 피곤했다. 좋아하는 아이돌 가수가 생기면 밤이고 낮이고 스케줄을 따라다녔고, 중학생 때부터 해리포터에 푹 빠져서 굿즈란 굿즈는 전부 모아 온 방에 발디딜 틈이 없게 만들었다. 대학생이 되자마자 수업도 빠지고 아르바이트를 하러 다녔고, 방학이 되자 영국으로 가 영화에 나오는 장소를 찾아다니며 사진을 찍었다. 일상을 살아가는 영국인들이 득실거리는 기차역에서 마녀 코스튬을 하고도 부끄럽지도 않은지 해맑은 표정을 하며 웃고 있는 예나의 사진이 아직도 선반 위에 액자로 남아 있다. 해리포터 박물관에서 온갖 맛이 나는 젤리를 사 와 그중 이상한 맛이 나는 젤리만 골라 동생인 예원에게 과일 맛이라 속이고 주면서 장난을 쳤는데, 예원은 그 후로도 2주 정도는 콧물 맛, 귀지 맛, 토 맛까지 온갖 이상한 맛의 젤리를 다 먹어봐야 했다. 결국 이제 그만하라고 정색하고 화를 낸 후에야 예나는 젤리를 다시 건네지 않았다. 다행히도 이성 관계에서만큼은 꾸준하고 성실했는데, 보통 사람들이 '그때 했던 연애는 연애가 아니야.'라고 말하는 시절부터 사귄 남자친구와는 헤어질 줄을 몰랐고 얼마 전에는 무려 8주년을 기념했다.

질리지도 않고 무언가를 열정적으로 파고들며 좋아하는 걸 보면 가끔 대단하게 느껴지기도 했지만, 예원은 저렇게나 열정 많은 삶을 산다는 게 딱히 부럽진 않았다. 그냥 언니의 머릿속 구조가 어떻게 생겼는지 궁금하다고나 할까. 아니면 네 살이나 많은 언니가 동생보다 철부지 같아서 강가에 내놓은 어린아이처럼 걱정이 된다고나 할까.

이런 예나와는 정반대로 예원은 쉬는 날에는 주로 집에 틀어박혀 잠을 자거나 모바일 게임을 한다. 재밌는 미드를 발견하면 거기에 푹 빠져서 시간이 가는 줄도 몰랐다. 가끔 친구들과 커피라도 마시러 나갔다 수다를 떨고 오면 사흘 정도는 다른 약속을 잡기가 싫고, 쇼핑도 온라인을 이용하곤 한다. 친구들과 만난 자리에서는 분위기를 맞추며 함께 즐겁게 대화를 하지만, 그래도 대부분은 혼자서 시간을 보내는 걸 즐긴다. 집에서 혼자 있는 예원을 보면 예나는 이해할 수 없다는 표정으로 나가서 좀 바람도 쐬고 커피도 마시고 오라며 이불을 훌쩍 걷어내곤 했다.

삶의 방식 차이는 이 두 사람의 성향 차이에서부터 시작됐겠지만 그보다도 본질적으로 예원은 뭘 위해서 열심히 살아야 하는지를 몰랐다. 그렇다고 여느 염세주의자들처럼 세상을 비관적으로 바라보는 건 아니었다. 어쨌든 세상은 즐길 것들로 가득하다는 건 부정하지 않았고, 그것만으로도 살아 있음에 행복함을 느끼는 사람들도 많다는 것을 인정했다. 또 세상엔 배울 점도 많고, 온갖 사람들의 복잡한 감정이 뒤섞여 만들어낸 아름답고 감동적인 순간도 많다는 것을 알았다. 그러나 그런 순간들은, 도대체 어디서 어떻게 '진정으로' 느낄 수 있는 걸까? 어떻게 그런 감정들을 진심으로 '내 것'이라고 느끼며 가슴이 도전의식으로 불탄다거나 더 잘 살아야겠다는 원동력으로 만들 수 있는 걸까? 예원은 열망하는 무언가가 있다는 느낌이 늘 궁금했다. 예원의 삶에는 큰 고통이나 시련도 없었지만, 큰 행복과 기쁨도 없었다. 마치 다른 사람들이 스스로를 주인공으로 한 아름다운 작품을 만들어 무대에 올리는 동안, 예원은 극장에 앉아 관객석 한 자리를 차지하기만 하는 '관객1'로서의 삶을 살고 있는 것 같았다. 무대에 오른 극이 예원 자신의 삶이라고 할지라도 말이다.

삶에 열의가 넘치는 예나와 그 반대인 예원은 특이하게도 각각 나름의 이유로 열정을 쏟는 한 가지가 있었다. 그건 바로 복권이었다. 이들은 특별한 일이 없으면 일요일 오전 10시에서 11시 사이에 함께 복권을 사러 가곤 했다. 물론 둘의 목표는 복권 당첨이었지만 그것보다도 그다음 주 토요일, 복권 추첨 전까지 어쩌면 최악일지도 모를 한 주를 대비하기 위한 최소한의 방어책이기도 했다. 또한, 평생 베스트 프렌드로 지낼 자매끼리의 친목을 다지며 수다 떠는 시간이 재미있기도 해서였다.

"오늘 번호는 어떻게 하지?"

편의점으로 향하는 길에 예나가 물었다.

"나처럼 자동으로 찍어."

"장난해? 번호 하나하나에도 의미가 있다고. 간절해야 당첨될 거 아니야."

"아니, 간절하다고 당첨을 시켜줄 거면 심사를 받아야지, 무작위로 번호를 뽑는 게 아니고. 그리고 1등 당첨이 많은 가게라 자동으로 뽑는 게 훨씬 낫다니까?"

"야, 됐어, 니가 뭘 알아."

"통계가 그런데 간절한 마음이 무슨 상관이야."

"융통성이라곤 죽었다 깨어나도 없는 것."

예나는 혀를 쯧, 하고 한 번 찼고 예원은 허참, 하고 어이없는 숨소리를 내뱉었다. 이윽고 도착한 편의점 문에 손을 대자 위쪽에 달린 종이 딸랑 소리를 내며 움직였다. 예나가 문을 열다 말고 예원을 돌아보았다.

"우리 누가 당첨되더라도 같이 쓰기로 한 거, 아직도 유효하지?"

"응, 언니도 유효하지?"

"당연하지. 우리가 남도 아니고."

확인을 마친 예나는 만족스런 미소를 지으며 다시 편의점

문을 활짝 열었다. 가게 안에 발을 들여놓자마자 예원은 달달한 인스턴트 바닐라 라테 하나를 고른 뒤 자동 5천 원어치요, 하고 순식간에 복권을 샀다. 반면에 예나는 전자레인지 옆의 복권 전용 테이블로 가서 종이와 펜을 들고 앉아 심각한 표정으로 번호를 찍기 시작했다.

"지난번에 12로 했으니까 이번엔 13 한번 해볼까…."

예나는 혼잣말을 중얼거리면서 번호에 집중했다. 예원은 커피를 뜯어 한 모금 쭉 마시고는 예나 옆으로 가서 털썩 앉았다.

"왜? 누가 이번 주에는 13번 당첨으로 해준대?"

예원이 빈정거리며 말하자 예나는 옆자리에 앉은 동생을 한번 째려보고는 다시 숫자에 집중하기 시작했다. 예원은 커피를 한 모금 더 마시고는 털썩 테이블에 엎드려 예나의 옆모습을 빤히 바라보았다.

"언니는 뭐가 그렇게 다 열심이야?"

그러자 예나는 갑자기 얼굴을 마주 보며 말했다.

"너는 뭐가 그렇게 다 무심해?"

두 사람 다 멀뚱하게 뜬 눈으로 서로의 대답을 기다리다가 예나가 픽 하고 웃었고 예원도 따라 웃었다.

"좋으니까 열심히 하겠지?"

예나가 말했다.

"그러니까. 난 딱히 좋아하는 게 없어서 무감각하겠지."

예원도 장단을 맞추자 예나가 숫자 두 개를 마저 까맣게 색칠하고는 다시 말했다.

"근데, 좋아하는 걸 일부러 찾아다니기도 하지. 왜냐면 우리 진짜 재미없게 살았잖아. 그니까 재미라는 게 즐거울 때 그 재미 말고 가슴 뛰는 일을 할 때 그 재미 말이야. 학생 때도 일탈 같은 거 한번 해본 적 없고. 남들 살아가는 코스 그대로 밟아왔잖아? 엄마랑 아빠도 유머감각이라곤 없고, 아니, 그걸 떠나서 가족이 같이 즐길 수 있는 취미 생활도 하나 없지. 엄마 아빠 삶의 낙이 뭐냐. 아빠는 우리 용돈 주는 거, 엄마는 맛있는 음식 만들어주는 거, 그게 다지. 엄마가 만들어주는 음식 다 맛있긴 하지만 그나마도 결국 다 비슷한 메뉴로 돌려가며 먹잖아. 삶이 바빠 초등학교 이후로 가족여행 한번 가본 적 없고 심지어 다 같이 찍은 셀카 한 장도 없지. 물론 엄마 아빠가 사진 찍는 걸 싫어하기도 하지만, 경제적으로 부족한 것도 아니고 가족들 사이가 나쁜 것도 아닌데 이상하지."

"듣고 보니 그렇긴 하네. 근데 언니는 입시 준비도 엄청 열심히 했잖아. 나는 언니가 너무 열심히 하길래 되게 놀랐었는데, 그때 막 목표가 생겨서 열의에 불탔던 거 아닌가? 그건 가슴 뛰는 일에서 제외야?"

"괴롭고 힘들었지. 가슴 뛰는 게 아니고. 아니, 입시의 힘듦을 몰라서 다른 사람한테 묻는단 말이야? 진짜…. 이래서 내가 더 힘들었어. 사람들이 자꾸 너랑 나를 비교하고, 안 그러는 것 같아도 부모님도 무의식적으로 비교했단 말이지. 나도 너 공부 잘 하는 거 자랑스러워했으니까 딱히 자괴감을 느끼거나 하진 않았지만. 맞아, 너랑 비교되니까 더 열심히 한 것도 있었지. 그땐 대열에서 뒤처지면 죽는 것 같았다고 해야하나? 살기 위해서 필사적으로 발버둥친 거지. 그러다 서울 끝자락 대학에 합격해서 온 거고. 너처럼 공부에 죽어라 목매지 않아도 좋은 대학에 갈 수 있다는 건 내 기준엔 기적 같은 일이지."

"나 공부 되게 열심히 했는데?"

"네 기준의 열심이 내 기준에선 설렁설렁이야. 그리고 보통 사람들은 되게 열심히 하는 정도로 한국대에 갈 순 없어."

예나가 단호한 표정으로 말했다.

"참 나…. 그럼 취업은 어때? 언니가 특별히 성취하고 싶은 것이 있어? 그런 니즈를 만족시켜주는 회사에 들어가고 싶고 그래? 연봉도 연봉이지만 창립 이념 같은 게 끌리는 곳이 있어?"

"얘가 순진한 소리만 골라서 하네. 취업하는 건 입시보다 더 힘들지! 그리고 요즘 누가 가슴 뛰어서 회사 일을 하냐? 차라리 주식이나 가상화폐에 투자하겠지. 적어도 난 그런 사람 본 적 없다. 이력서 쓰는 것도 그렇고, 취업하기 전까지 얼마나 스트레스 받는지 알아? 그러니까 사람이 예민해지고 성격이 점점 나빠지는 거야. 그렇게 해서 취업이 되더라도, 그때부터는 죽어라 일만 하겠지. 고생길이 훤하다."

"뭐가 이렇게 부정적이람? 성격 이상하네. 좀 전엔 좋아하니까 열심히 한다며. 그럼 언니는 뭘 좋아하는 건데?"

"그거야 당연히 예쁘고 행복한 나를 가꾸는 거지."

예나가 예쁜 척하는 표정을 지으며 예원을 바라보자 예원은 웩, 하며 혀를 쭉 내밀었다.

"난 내가 예쁜 게 행복하거든? 그리고 행복한 나는 예쁘더라고. 그게 세상에서 제일 좋아."

"완전 나르시시스트네."

예원은 커피를 쭉 빨았다. 예나는 픽 웃더니 펜 뚜껑을 닫은 후 계산대로 발걸음을 옮겼다.

'결과는?'

예나의 문자였다.

'5천 원. 본전 뽑음.'

결과는 늘 그저 그랬다. 꽝인 날이 대부분이었고 종종 5천 원짜리에 당첨되었으며 운이 좋으면 4등인 5만 원에 당첨되어 함께 치킨을 시켜 먹곤 했다. 최근의 뽑기 운은 최악이어서 몇 주 동안 꽝이었는데, 그나마 이번 주엔 5천 원이라도 얻어 걸렸다. 예나도 별반 다르지 않을 것이다. 복권이라는 게 원래 그런 거니까.

'또 5천 원이냐.'

'또라니. 5천 원에 당첨되기가 얼마나 어려운데. 시비 거는 걸 보니 언니도 꽝이겠구만.'

예원은 휴대폰을 책상에 툭 던져놓고는 침대에 누웠다. 언제쯤 이 방에서 탈출할 수 있으려나. 사실 서울에선 투룸도 감지덕지다. 지방에서 올라온 친구들은 거의 제한 사항이 많은 학교 기숙사에서 사는 경우가 많았다. 기숙사에 들어가지 못하게 된 친구들은 주로 원룸에 자취를 했고, 불법으로 방을 나눠 놓은 것처럼 부자연스러운 구조에서 불편하게 사는 친구들도 종종 봐왔다. 그런 친구들에 비하면 투룸에 살면서 가끔은 먹고 싶은 음식도 사 먹는 자신들이 좀 더 여유가 있는 것 같긴 하지만, 그래봤자 월세살이라는 건 5평이든 10평이든 변함이 없다. 그러니까 한마디로 요약하자면 예원은 이도저도 아닌 애매한 상태에 머무르는 중이었다. 돈이 아주 많아서 처음부터 남들과 다른 길을 갈 수 있는 것도 아니고, 어려운 생활을 극복하기 위해 목표의식이 뚜렷한 것도 아니다. 언니처럼 스스로가 예쁘고 행복한 게 삶의 의미가 되지도 않았다. 예원에게 삶은 언제나 단순한 일상의 반복이었다. 문득 미래를 생각해볼 때면 언젠간 좋은 직장에 취직해 비슷한 수준의 남자를 만나고, 자식이 없어도 괜찮지만 여건이 된다면 아이 하나 정도는 낳아 기르는 보람을 느끼고, 그 아이가 또 학교를 다니고, 입시를 치르고, 취업하고…. 그런 모습이었다. 그녀가 원하든, 원하지 않든 쳇바퀴 돌듯 삶은 이어질 것이다. 각자의 시간은 가치 있고 아름다우니까 예원의 삶도 분명히 존재 자체만으로도 의미가 있을 텐데 왜 그걸 당사자가 알지 못하는 걸까? 그렇다고 예원은 적극적으로 자신의 삶의 의미를 찾아다니고 싶지도 않았다. 그냥 그저 그렇게 살아도 괜찮으려나 막연하게 생각할 뿐이었다. 그렇지만 아이러니하게도 예원은 끊임없이 삶의 이유에 대해 생각한다는 점에서, 가장 열심히 살고 싶은 사람이기도 했다.

생각이 꼬리를 무는 와중에 예나가 벌컥 예원의 방문을 열고 들어왔다. 노크도 없이 들어오는 건 예원이 제일 싫어하는 짓이다.

"노크하는 법 잊어버렸어?"

미간을 찡그리며 말하자, 예나가 대답했다.

"지금은 그런 거 생각하지 말자. 왜냐하면 나 2등 당첨됐거든!"

"…뭐?"

예원의 머릿속에서 순식간에 모든 생각이 사라졌다. 예원은 입꼬리가 귀에 걸린 예나를 잠깐 동안 멍하니 바라보았다. 예나는 의기양양한 표정으로 말했다.

"간절해야 된다고 했지?"

2

　영업팀 김 과장은 서둘러서 차 뒷좌석에 강 사장을 밀어 넣었다. 대리기사에게 잘 부탁한다는 말을 열 번 쯤은 한 뒤 "사장님, 안녕히 가십시오!" 하고 떠나는 차 뒤꽁무니에 대고 90도 인사를 했다. 큰 도로에 들어서는 차를 확인하고서야 부랴부랴 주머니에서 내내 울리던 휴대폰을 꺼냈다.

　"여보세요?"

　'여보, 너무 늦었잖아. 지금 윤지 생일 한 시간밖에 안 남았는데 어떡해. 애가 울고불고 난리인데…. 선물은 샀지?'

　"아, 당연히 선물 샀지. 늦지 않게 갈 테니까 걱정 하지 마.

윤지한테 아빠 곧 간다고 해. 이제 출발하니까 끊을게."

'알겠어, 얼른 와.'

김 과장은 전화를 끊고 다시 한번 이쪽으로 배정된 대리기사에게 전화를 했다. 강 사장이 도심 외곽의 산 초입에 끝내주는 오리 고깃집이 있다고 고집을 부리는 바람에 집에서도 멀어지고 대리 잡기도 만만치가 않은 이곳으로 왔다. 강 사장을 데려간 대리기사도 한 시간을 넘게 기다려 겨우겨우 온 사람이었다. 그나마 그 대리기사는 양심이라도 있었지, 두 번째로 부른 대리기사는 알겠다고 말만 하고서 아까부터 도통 연락이 되지를 않았다. 콜센터에 전화해서 컴플레인을 할까 하다가 얼마 남지 않은 딸과의 약속 시간이 생각났다.

"젠장."

고민은 딱 발을 두 번 구를 동안만 이어졌다. 김 과장은 만취한 강 사장 몰래 밑으로 술을 버려가며 소주 반 병에 맥주 두어 병 정도를 마셨다. 평소 주량의 반 정도밖에 마시지 않았으니 좀 찜찜하지만 혼자 운전을 하기로 했다. 바짝 긴장했는지 술기운이 하나도 느껴지지 않았다. 이 정도면 아무에게도 들키지 않고 무사히 집으로 돌아갈 수 있을 것 같았다. 김 과장은 빠르게 차에 올라타 시동을 걸고 출발했다. 페달을 밟는 강도와 앞뒤좌우 살피는 본능을 느끼면서 이 정도면 사고 날 위험은 없겠다고 생각하고는 일직선으로 뻗은 도로를 내달렸다.

"오늘 뭐 실수한 거 없겠지?"

혼잣말을 중얼거리다가 오늘의 술자리를 회상했다. 6시부터 시작된 술자리에 강 사장이 그토록 원하던 도우미 아가씨들은 없었지만 말로 살살 구슬려가며 분위기를 꽤나 잘 맞춘 것 같았다. 마음에도 없는 칭찬을 해가며 정신없이 술을 먹인 게 통했던 건지 평소 짠돌이로 소문난 강 사장이 거하게 취해서 김 과장의 손에 5만 원 한 장을 쥐여주기까지 했다. 게다가 그토록 원했던 계약까지 따내지 않았던가. 김 과장은 술자리에 가기 전, 알아서 잘 하라며 매서운 표정으로 삿대질을 하던 사장의 얼굴과 오늘은 급하고 중요한 일이 있다며 자세한 사정도 설명해주지 않고 헐레벌떡 자리를 피하던 양 부장을 떠올렸다. 골치 아픈 일만 생기면 김 과장에게 모든 일을 떠맡기고서 눈치를 보다가 일이 끝날 때쯤 보고서가 어쩌고저쩌고 하면서 숟가락만 얹는 양 부장의 얼굴을 떠올리자 왠지 이번 계약의 공로도 뺏기는 거 아닌가 하는 조바심이 들었다. 그래도 어쨌든 오늘 자리를 잘 마무리해서 계약도 따냈으니 내일 하루 정도는 회사에서 편안하게 지낼 수도 있을 것이다. 사실 아무리 술에 취했어도 앉은 자리에서 바로 도장을 찍어줄 줄은 몰랐다. 강 사장이 어쩌면 그동안 사회성이 좋은 그를 내심 마음에 들어 하고 있었던 건 아닌가 생각도 했다. 운수가 좋았으니 내일 출근하면 공로를 뺏기기 전에 바로 사장실로 달려가 보고를 해야겠다. 그동안 양 부장이 한 짓을 넌지시 알릴 수도 있겠지. 이제부터 좋은 기운이 시작되는구나. 김 과장은 꽁꽁 매어진 넥타이를 한 손으로 살짝 풀어 내렸다. 그는 백미러로 뒷좌석에 있는 큼지막한 곰 인형을 흘끗 쳐다보았다. 얼마 전 미리 회사로 주문해둔 것이었다. 여자아이에게 진부한 선물이라고 사람들이 한마디씩 했지만, 며칠 전부터 윤지가 제일 원하던 선물이란 사실은 모르고들 하는 소리였다. 그토록 원해 어렵게 가진 외동딸이라서 해달라는 것은 다 해주고 싶었다. 김 과장은 윤지가 태어나던 순간의 기분을 잊을 수 없다. 스스로가 누군가에게 존재만으로 온전히 의지할 수 있는 사람이 된다는 게 벅찼다. 말로 설명할 수 없는, 처음 느껴보는 사랑과 행복으로 뿌듯했던 그 순간을 집에 돌아갈 때마다 다시 느끼곤 한다. 지친 마음으로 살아가던 인생이 의미 있는 인생으로 바뀌었고, 반겨주는 딸아이의

환한 웃음 하나면 잘나가는 사장들 수발드는 일도 그리 힘겹
지 않았다. 가족을 생각하니 편안해져서 그런지 점점 긴장이
풀리는 게 느껴졌다. 그러는 동안 차는 시내로 들어섰다. 현
란하게 반짝이는 간판들이 보였다. 그날따라 유난히 더 부드
러운 것 같은 핸들을 돌리며 거치대에 걸린 휴대폰으로 집 도
착 예정 시간을 확인했다. 11시 50분. 집까지 뛰어 올라가면
가까스로 딸의 생일을 지킬 수 있는 시간이었다. 그는 약간
우쭐한 마음이 들었다. 어려운 일도 잘 해낸 능력 있는 사람
이자, 완벽하지는 않아도 딸의 생일을 놓치지 않기 위해 노력
하는 가정적이고 다정한 아빠니까. 도로에 차가 많이 없는 틈
을 타 뒷좌석 곰 인형 옆에 놔두었던 케이크가 찌그러지지 않
고 잘 있는지 확인하려고 살짝 뒤를 돌아보았다. 다행히 원래
샀던 모양 그대로 잘 있는 것처럼 보였다. 완벽하다고 생각하
며 다시 앞을 보는 순간 흰색 진돗개 한 마리가 그의 시야에
들어왔다. 놀란 그가 핸들을 오른쪽으로 확 꺾으면서 술기운
이었는지 실수로 가속 페달을 밟아버리는 바람에 차가 골목
모퉁이의 불이 꺼진 횟집을 덮쳤다. 순식간에 수족관에 있던
횟감과 물이 쏟아져 나오고 깨진 유리가 사방으로 튀었다. 성
인 팔뚝만 한 물고기 한 마리는 대가리가 차 뒷바퀴에 낀 채

로 팔딱거렸다. 차는 유리 출입문까지 부수고 식당 카운터 앞에서 공회전을 했다. 김 과장은 차가 부딪히는 순간에 정신을 잃었다. 반파된 차와 부서진 가게, 피 흘리는 그와 직접 전해줄 수 없을 것 같은 커다란 곰 인형만 세상에서 동떨어진 것처럼 놓여 있었다.

그 옆엔 조금만 늦었더라면 그 차에 치였을 뻔한 예원이 놀란 표정으로 서 있었다. 예원은 그날따라 리포트 작성이 잘 안 되는 바람에 조금 늦게 집으로 들어가는 길이었는데, 저 멀리서 비틀거리던 차 하나가 부웅 하는 소리를 내더니 엄청난 속도로 달려와 예원의 바로 앞을 스쳤다. 뒤에서 잡아끄는 손 하나가 느껴졌고 누구인지 확인할 새도 없이 예원은 폭탄처럼 터지는 유리조각을 막으려 노트북을 머리 쪽으로 들어 올렸다. 쾅, 쨍그랑, 부우우웅. 차례대로 커다란 소리가 났다. 폭발음이 멈출 때까지 두 사람은 잠깐 그 자리에 멈춰 서 있었다. 뒤에서 잡아 끌어준 사람이 예원에게 괜찮으시냐고 물었고 예원은 네, 감사합니다, 하고 대답했지만 다시 뒤를 돌아 상황을 확인하거나 제대로 얼굴을 보고 인사할 정신은 없었다. 예원은 문득 발밑에 액정이 다 깨져버린 휴대폰이 떨어져 있다는 것을 깨달았다. 아마 사고자의 휴대폰인 듯했다.

멍하니 내려다보고 있는데 갑자기 화면에 '아내'라는 발신인이 뜨고 전화가 울리기 시작했다. 어떤 불길한 예감을 느낀 걸까. 예원은 전화를 받아야 할지, 말아야 할지 고민하다가 문득 정신을 차려 사고자를 먼저 확인하기로 했다. 차에 가까이 다가가서 보니 운전석에 탄 사람은 머리에 피가 흐르고 큰 유리조각이 왼쪽 가슴 근처에 박혀 있었다. 발이 계속 가속 페달에 올려진 채였고, 차에서는 부웅 하는 큰 소리가 났다. 나이가 지긋해 보이는 아저씨가 달려와 깨진 앞유리 쪽에서 구조를 해보려다가 여의치 않자 다시 내려와 조수석 유리창을 깨고 사이드 브레이크를 급히 올리며 예원에게 말했다.

"119에 전화해요!"

예원은 다급하게 고개를 끄덕이고 바로 119에 신고를 했다. 그러고는 구급대원들이 사고자의 아내에게 나쁜 소식을 대신 전해주기를 바라면서 다 깨져버린 휴대폰을 손에 꼭 붙들고 있었다. 착신음이 울리고 잠금 화면 위로 '여보, 오고 있는 거지? 윤지 아직 아빠 기다린다고 안 자고 있어. 최대한 빨리 와.'라는 문자가 떠올랐다. 예원은 이 사람에게 당신의 소중한 사람이 지금 사고가 나서 위급한 상황이라고 전해줄 용기가 없었다. 주위로 둘, 셋씩 짝지어 몰려드는 사람들의 웅

성대는 소리가 돌림 노래처럼 퍼졌다. 1분이 한 시간처럼 흐르는 것 같았다. 구급대와 경찰이 도착하기까지는 딱 7분이 걸렸다. 예원은 바빠 보이는 구급대원의 손에 휴대폰을 쥐여주고 경찰관이 묻는 몇 가지 질문에 대답한 뒤 전화번호를 남기고 자리를 떴다. 자리를 뜨기 전에 그녀를 구해준 사람에게 다시 인사를 하고자 이리저리 둘러보았지만 얼굴도 자세히 보지 못했을 뿐더러 사고 주변에 근접하게 서 있는 사람은 예원과 유리창을 깨던 아저씨뿐이었다. 예원은 큰 사고도 그렇고, 이렇게 많은 피를 흘리는 사람을 실제로 목격한 건 처음이라 당황스럽고 무서웠기에 감사 인사를 해야 할 사람이 없다는 걸 깨닫자 얼른 집으로 발걸음을 옮겼다. 운전자는 거의 소생 가능성이 없어 보였다. 겉으로 보기에 그랬다기보다는 구급 대원들이 정신없이 수습을 하면서도 희망이 없는 듯한 말투를 내비쳤기 때문이었다.

그날, 그녀는 의도치 않게 한 사람의 인생이 사그라드는 것을 목격했다. 어쩌면 응답 없는 휴대폰에 계속 전화를 걸던 아내와 리본 달린 곰돌이 인형을 선물 받을 정도로 아직 어린 딸의 인생도 그날 이후 무너지게 되지 않았을까. 뒤에서 예원을 당겨주었던 사람이 없었더라면 아마 예원도 운전자와 같은 처지가 되었을 것 같아 허탈해졌다. 예원은 자취방 현관에 들어서서 문을 닫자마자 그 자리에 주저앉아 엉엉 소리 내어 울었다. 갑자기 맞닥뜨린 극한의 상황에 충격을 받았고 어쩌면 자신도 그저 그렇게 삶이 끝날 수도 있었다는 두려움, 그로 인한 허무함 등이 합쳐진 감정의 덩어리가 울컥 올라왔다. 언니 예나가 집에 들어와 예원을 달래줄 때까지 몇 시간이나 지났는지도 모른 채 그 자리에서 꼼짝도 않고 울고 있었다. 예나는 동생이 왜 현관에서 불도 켜지 않고 울고 있는지 궁금했지만 아무것도 묻지 않고 그저 보듬어주었다. 그저 그럴 만한 일이 있었으려니 하고 옆을 지켜주는 게 동생에게 가장 위안이 되리라 믿었다.

얼마 후, 예원은 한 통의 전화를 받았다.

'장예원 씨?'

"네, 그런데요."

'아, 얼마 전 사고 현장 출동했던 경찰입니다. 휴…. 여쭤볼게 몇 가지 있어서요.'

"아, 네, 말씀하세요."

'하… 그때 차량이 비틀거리면서 주행했다고 하셨죠?'

"네… 좀 그래 보였는데 속도가 빨라서 그랬던 것 같기도 하고, 제가 잘못 봤을 수도 있어요."

'아, 네…. 소리가 어땠나요? 일정하게 시끄러운 속도로 달려왔나요? 아니면 갑자기 달려오는 소리처럼 들렸나요?'

"제가 정신이 없어서 잘 기억은 못하겠는데, 우선 소리가 갑자기 들리긴 했고 소리가 들리고 나서 차도 갑자기 시야에 들어왔어요."

'네, 네. 알겠습니다. 뭐 브레이크 등 같은 건 못 보셨죠?'

"네, 제가 서 있던 자리에선 잘 안 보였고 정신도 없어서 요…."

'예. 아마 음주로 인해 페달을 헷갈렸던 듯하네요. 아무튼 고맙습니다. 놀라셨을 텐데 빨리 신고해주셔서 잘 마무리됐습니다.'

말하는 중간중간 한숨으로 귀찮음을 표현하는 것으로 보아, 경찰은 형식상 질문을 하는 듯했다. 마치 진실은 이미 다 알고 있지만 마지막으로 한 번 더 물어본다는 투였다. 인사치레마저 형식 같았던 그 말을 마지막으로 경찰은 전화를 끊으려 했다. 예원이 잠깐만요, 하고 질문을 덧붙였다.

"그분… 돌아가셨나요? 계속 가족한테 전화가 오는 것 같던데, 어떻게… 됐나요?"

'아, 돌아가셨어요. 유리가 팔뚝만 한 게 가슴에 박혔으니 거의 즉사죠, 뭐. 병원에 도착했을 때 이미 심정지 상태였어요. 근데 유족이 자꾸 차량 급발진 사고를 주장하니까…. 하, 이거 혈중 알코올 농도만 봐도 딱 음주운전 사곤데, 근데 하필 CCTV도 없고 블랙박스도 애매하고, 참…. 난감하네요. 어차피 결론 나는 것도 뻔한데 일만 더 복잡하게.'

예원이 질문을 하자마자 죽은 사람은 상관없다는 듯 자신의 난감함을 한참 설명하던 그는 문득 전화기 너머에서 아무 대답도 않고 있다는 걸 깨닫고 말을 얼버무리다가 황급히 전화를 끊어버렸다. 그날 죽을 뻔한 고비를 넘기고, 사고자의 심정을 약간이나마 느꼈던 예원은 그가 음주 운전은 했지만 결과적으로 횟집의 물질적 피해 말고는 다른 피해를 주지 않은 점과 결국 목숨을 잃었다는 점, 그리고 남겨진 가족들은 인사도 못하고 갑자기 사랑하는 아빠를, 그들의 세상을 받치던 큰 기둥이었던 사람을 잃었다는 점에서 결코 저 형사처럼 가볍게 사건을 대할 수 없었다. 그랬기에 일주일에도 몇 번씩 일어나는 대수롭지 않은 교통사고 중 하나처럼 대하는 경찰의 태도에 화가 났다.

"사람이 죽었는데, 자기 힘든 것만 중요한가?"

굳은 표정으로 휴대폰을 내려놓는 예원을 보면서 예나가 물었다.

"돌아가셨대…?"

"응. 케이크랑 곰 인형도 있어서 좋은 날인 것 같았는데."

"감정 이입하면 더 힘들어져. 이제 그만 마무리됐다고 생각하고 남은 가족들이 잘 견뎌내기를 기도해주는 거, 그거면 됐어."

"응…. 근데 너무 허무하다. 예전부터 그랬지만 도대체 뭘 위해서 사는 건지 모르겠어. 이렇게 한 순간에 모든 걸 두고 세상을 떠날 수도 있는데."

"너무 그렇게 생각하지 마. 이제 이 얘기는 그만하자."

예원은 고개를 살짝 끄덕였다. 교통사고 이후로 언니와 둘이 많은 이야기를 나누면서 패닉 상태에서 다시 일상으로 돌아왔지만, 다시 사고 생각을 하니 약간 우울해졌다. 언니의 말처럼, 그냥 남아 있는 가족들의 안녕을 빌어주는 것이 최선이었다.

3

태형은 집으로 향하는 중이었다. 늘 그렇듯 한 걸음 한 걸음에 바위를 매단 듯 발이 잘 움직여지지 않았다. 마음은 천근만근 발걸음보다도 더 무거웠다. 언제부터인가 엄마의 전화는 태형에게 마음의 짐이었다. 전화가 울리고 화면에 엄마의 이름이 뜨면 심장이 두근거리고 손바닥에서 땀이 났다. 그런 자신을 보면서 가끔 자기 연민에 빠지기도 했다. 다른 친구들은 방학이 되면 여기저기 여행도 다니던데, 지난 여름 방학에 태형은 과외 아르바이트를 학기 중보다 더 많이 뛰느라 쉴 틈이 없었다. 아르바이트를 열심히 하는 만큼 시간이 나면 친구들과 함께 놀고도 싶었지만 삶은 잠깐의 휴식조차 허락하지 않았다. 이제 한 달에 한 번은 배달 음식을 시켜 먹을 수도 있겠다 싶은 여유가 생길 때면, 징크스처럼 늘 엄마에게서 전화가 왔다. 그렇다고 해서 아픈 엄마를 모른 척할 수도 없었다. 아픈 엄마와 태형, 서로에겐 둘 뿐이었으니. 이제 갓 스무 살이 된, 아직은 부모님께 의지하고 싶은 나이인 태형이 어느새 집의 가장이 되어 있었던 건 그리 놀라운 일도 아니었다. 태형은 떨어지지 않는 발걸음으로 터덜터덜 걸어 여기저기 금이 간 벽에 간신히 붙어 있는 작은 문 앞에 섰다. 문 바로 앞에는 하수구가 있었다. 하수구를 타고 가끔은 바퀴벌레가, 가끔은 쥐가 문 안까지 들어오곤 했다. 태형은 이제 막 그 문 안에 있는 세상에서 벗어난 참이었다. 정확하게는 벗어났다고 생각했다. 그러나 안타깝게도 항상 더 멀리 벗어나지 못하고 결국 같은 자리로 되돌아오고 만다. 낡고 오래된 철문 앞으로. 그 앞에서 태형은 쉽사리 손잡이를 돌리지 못하다가 결심한 듯 문을 열었다. 끼익 하고 찢어질 듯한 소리가 밤공기를 갈랐다. 현관문 안으로 들어서자 어둔 집 안에 작은 창문을 비집고 쏟아져 내리는 달빛이 눈에 들어왔다.

"태형이니?"

하나뿐인 방에서 엄마의 목소리가 자그마하게 들렸다.

"어, 엄마."

태형은 곧장 방으로 들어가 불도 켜지 않고 엄마가 누워 있는 이부자리 옆에 털썩 앉았다.

"불은 안 켜는 게 편하시지?"

"응."

"그럴 것 같았어. 근데 방이 왜 이렇게 추워."

"아냐, 버틸 만해. 괜찮아."

"날도 점점 추워지고 몸도 아픈데 방 좀 따뜻하게 해놔요. 자꾸 아끼지만 말고."

"알겠어. 아들 자취방은 좀 살만 해?"

"응, 방이 다 똑같지 뭐."

태형은 자취방이 아니라 고시원이라고 말할까 하다가 그냥 그만두었다. 어둠과 약간의 달빛, 그 사이에서 서로의 눈치를 보는 바쁜 시선이 오고 갔다. 누구 하나 먼저 말을 꺼내는 이 없이 적막한 공기가 잠시 흘렀다. 엄마는 늘 자신이 아픈 걸 미안해했다. 하나뿐인 아들이 대학 생활을 즐기지 못하고 늘 일만 하러 다닌다는 것도, 그걸 아는데도 불구하고 아들에게 짐을 지울 수밖에 없는 것도 미안해했다. 그래서 늘 먼저 말문을 여는 건 태형이었다.

"병원비가 많이 나왔어?"

"…평소보다 조금 더 나왔어."

"얼마나?"

"60만 원 정도…."

"확실히 평소보다 좀 더 나오긴 했네. 근데 그게 뭐 대수인가. 엄마가 건강한 게 먼저지. 난 괜찮으니까 필요하면 언제든 연락하세요. 이제 나 돈 잘 벌어."

태형의 대답을 들은 엄마가 한참을 머뭇거리다가 입을 뗐다.

"태형아, 미안하고 고마워…. 우리 태형이를 보면 엄마가 참 복 받은 사람이라는 생각이 들어. 너 처음 가졌을 때도 그랬거든. 결혼을 하고 아이를 가졌어도 여전히 삶에 허덕이기만 하는 쓸모없는 사람이라고 생각했었는데…. 네가 자라면서 점점 엄마를 알아보고 웃어주고 엄마, 엄마, 하고 말해줬을 때부터 너무 위로가 되었어. 어쩌면 부모가 주는 사랑이 먼저가 아니라 자식이 무조건적으로 바라봐주는 그 사랑이 먼저일지도 모른다는 생각이 들 정도로…. 아이 때문에 부모가 더 좋은 사람이 되어야겠다고 다짐하면서, 다시금 힘을 내서 살아가는 게 아닐까 했어. 어릴 때도 따뜻한 아들이었는데 변하지 않고 착하게 잘 커줘서 고마워. 너에 비하면 너무 부족한 엄마라서 미안해…."

"엄마가 부족하긴 뭐가 부족해. 엄마도 멋진 사람이야. 아무리 어려워도 나 안 버리고 아픈데도 열심히 일해서 여태 키워줬잖아요. 이제 내가 엄마한테 갚아야지. 그리고 부모 자식 간에 미안하니 어쩌니 그런 말 하지 마요. 당연히 해야지."

엄마는 태형의 손을 슬며시 잡고 고개를 끄덕였다. 얼굴이 잘 보이진 않았으나 울먹이는 숨소리가 들리는 걸로 보아 엄마는 또 울고 있을 터였다. 태형은 성인이 되어가면서 착한 아들처럼 말하는 법을 많이 배웠다. 처음엔 생활비와 엄마 병원비, 그리고 학자금 대출을 다달이 갚을 수 있을 정도로만 벌면 된다고 생각했지만 사람의 욕심은 끝이 없다는 누군가의 말처럼 통장을 스쳐만 지나가는 돈을 보면 속이 쓰렸다. 가끔은 엄마가 다시 일을 해줬으면 좋겠단 생각이 들었다. 그럴 때면 키워준 엄마에 대한 배신이라는 생각과 함께 스스로에 대한 혐오가 차올랐다. 그런 엉망진창이고 혐오스러운 자신을 감추려면 더 든든한 아들처럼, 더 착한 아들처럼 말하는 법을 터득해야 했다.

밤잠을 버려가며 번 돈, 그중 악착같이 모아 마련해둔 여유자금 78만 5,900원. 엄마에게 60만 원을 건넨 태형의 계좌에는 18만 5,400원이 남았다. 한동안은 편의점 삼각김밥으로 끼니를 때워야겠다고 생각했다.

태형은 대학에 진학한 이후로 아빠가 있었으면 어땠을까 하고 생각하는 시간이 많아졌다. 돈벌이와 학업 중에 돈벌이를 맡아주었으면 어땠을까. 그러나 그런 생각보다, 술 마시는 법을 알려주는 사람이 있었으면 좋겠다 싶었다. 그 사람이 아빠였으면 정말 좋았을 텐데. 속으로 생각하는 말이 가끔은 입 밖으로 튀어나오기도 했다. 시간이 지날수록 그리움은 빈도가 줄 뿐 강도는 줄지 않았다. 오히려 그리움의 세기는 더 커지는 것 같기도 했다. 가족끼리 계곡에 가서 물놀이를 하고 고기를 구워 먹던 일이 시도 때도 없이 생각이 났다. 아빠는 아직 키가 덜 자란 태형을 위해 물가에 작은 웅덩이를 만들어 피라미를 잡고 놀 수 있게 해주었다. 엄마는 계곡물에 시원하게 담가둔 수박을 부자의 물놀이가 끝나는 시간에 맞춰 썰고, 계란 두 개를 푼 김치 라면을 끓였다. 같은 기억을 공유하고 있으니 분명히 엄마도 지금의 태형과 같은, 혹은 더한 그리움을 느끼고 있을 것이다.

'더 사랑한다고 말할걸. 더 고맙다고 말할걸.'

진부한 후회가 강한 듯 여린 남자아이의 마음을 흔들었다. 아빠의 후회는 뭘까, 문득 궁금해졌다. 교통사고로 생을 끝내기 전에 가족을 위한 보험 하나 들어 놓지 못한 것? 아니면 화물차 운전하는 일을 그만하고 차라리 같이 가게를 하자고 청하던 엄마를 모른 척한 것? 태형은 혹시 꿈에서라도 아빠를 다시 한번 만날 수 있다면, 원망과 미움은 꼭꼭 숨기고 당신의 후회가 뭐가 됐든 돌이킬 수 없으니 이젠 괜찮다고, 그러니 푹 쉬라고 말해주고 싶었다. 제대로 된 인사도 못하고 급하게 아빠가 떠나간 후, 남은 가족은 힘들었지만 하늘에서 우리를 지켜봐준 덕분에 많이 나아졌다고, 고맙다고 전하고 싶었다. 그리고 마지막으로 사랑한다는 한마디를 전할 수 있으면 좋겠다고 생각했다.

태형은 아빠 생각을 좀 더 하면 우울함에 파묻힐 것 같아서 얼른 고개를 저어 기억을 털었다. 자꾸 아빠 생각이 나는 건 얼마 전 목격한 교통사고 때문이기도 했다. 과외를 하러 가던 길에 차가 갑자기 보도로 달려오는 걸 봤다. 휴대폰을 보며 걸어가다가 차에 치일 뻔한 태형 또래의 여자 한 명을 구해주었다. 당연한 말이지만 차에 탄 중년의 남자는 구하지 못했다. 언뜻 보아도 하얀 와이셔츠에 온통 피범벅인 모습이 최소 중상이었다. 태형은 마지막까지 보지 못했던 아버지가 왠지 저런 모습이었거나 혹은 더 심하게 망가진 모습이었을 것 같아서 구역감이 몰려왔다. 여자가 괜찮은 걸 확인한 후 얼른 자리를 벗어나 골목 어귀의 하수구에 음식물이라고 할 것도 없는 희여멀건한 액체를 게워냈다. 태형은 그날의 역겨움을 잊으려 노력해왔지만 하얀 와이셔츠가 빨갛게 물들어 있는 잔상은 아무리 노력해도 쉽게 가시지 않았다.

태형은 집을 나오기 전 화장실에서 한 번 더 속을 게워냈다. 이번이 마지막으로 떠오르는 잔상이길 바라며 오래된 철문을 열고 나왔다. 다시는 이 문 앞으로 돌아오지 않기를 바랐지만 이곳에 엄마가 있는 이상, 그는 무한히 원치 않는 이곳으로 돌아오게 될 운명이었다.

4

예원, 수빈, 상민, 태형, 철호, 민주 이렇게 여섯 사람은 둥글게 원을 만들어 앉았다. 조원을 정할 때, 오리엔테이션 때 친해진 예원과 수빈이 먼저 같은 조가 되었고 수빈과 친한 상민이 태형과 철호를 데려왔다. 마지막으로 남아 있던 민주는 다른 조는 다 인원이 찼다며 같이하자고 부탁을 해왔다. 여섯 명을 맞춰야 했으니 일일이 조원을 구하러 돌아다니지 않아도 되어서 오히려 잘된 일이었다. 수빈은 꼼꼼한 예원과 성실한 태형이 같이하게 되어 A+는 따놓은 당상이라고 싱글벙글했다. 하지만 이 두 사람이 조장을 맡아줄지는 별개의 문제였다.

조별 과제가 다 그렇듯 눈치싸움이 시작됐다.

"자, 조장할 사람?"

수빈이 운을 떼자 숨 막히는 긴장감이 흘렀다. 다들 눈치만 보면서 서로가 지원해주기를 바라는 눈빛이었다. 수빈은 한숨을 한번 쉬고는 태형과 예원 쪽을 쳐다보면서 물었다.

"진짜 하고 싶은 사람 없는 거지? 예원이 너도?"

수빈의 물음에 예원이 고개를 절레절레 흔들자 수빈이 다시 태형을 보며 물었다.

"태형이 너도 힘든 거지?"

태형이 머뭇거리다가 대답했다.

"응, 나는 과외하느라 좀 바빠서…. 미안하지만 다른 친구들이 맡아주면 좋겠어."

태형의 대답을 들은 수빈이 손뼉을 탁 쳤다.

"자, 가위바위보밖에 방법이 없겠다."

가위, 바위 그리고 보자기를 돌아가며 몇 번씩 낸 뒤, 결국 예원이 조장을 맡게 되었다. 다른 조원들이 잘 부탁한다고 말하면서 표정 관리를 못해 입꼬리를 씰룩거리는 게 좀 얄밉긴 했지만 이왕 이렇게 됐으니 조금 더 고생해서라도 좋은 학점을 받아야지 다짐했다. 다행인 건 다들 약간씩이라도 알던 친구들이라 발표 직전에 연락을 끊는다거나 하는 극단적인 일을 벌이지는 않을 것 같았다.

"내가 다른 건 많이 못 도와줘도 맡은 부분은 열심히 해볼게."

태형이 말하자 예원은 뒤를 돌아보았다. 초면인 태형과 둘이서 걸어가는 게 어색해서 앞뒤로 걷고 있던 참이었다. 여태 들어왔던 조원들의 말과는 사뭇 다른 결의 발언이라 조금 놀랐지만 곧바로 미소를 지어 보였다.

"고마워! 내가 조장이 될 줄은 전혀 몰랐지만 나도 열심히 해야지. 잘해보자!"

말이 나온 김에 태형과 예원은 자료 조사를 함께 하기로 했다. 민주는 자기가 태형이와 자료 조사를 하겠다면서 자원했지만 수빈이 단칼에 거절하며 예원과 태형이 맡아야 손 댈 데 없이 깔끔할 거라고 박박 우겼다. 예원은 이럴 거면 수빈이 조장을 맡았어야 하는 거 아닌가 하고 잠깐 생각했다. 그래도 태형이 배려해주어 자료 조사도 최소한으로만 하게 되었으니 감지덕지였다. 비록 발표 날까지 조원들이 할 일을 제대로 하는지 수시로 확인하고, 최종 결과물을 만들어내는 일이 남았지만.

"근데 태형이 너는 과외를 언제부터 했던 거야?"

"아, 난 대학 합격하고 나서부터 바로 시작했어."

"대단하다. 그냥 편의점 아르바이트도 힘들 것 같은데, 과외? 그거 되게 회사일 같은 느낌인데? 학부모들도 상대해야 하고, 학생 성적도 올려줘야 하고 스트레스가 꽤 많을 것 같은데. 안 힘들어?"

"힘은 드는데 그래도 수능 공부 열심히 했으니까 아직 머릿속에 많이 남은 것도 있고, 나름대로 노하우가 있어서 아직까지는 학생들 성적이 떨어진 적은 없어. 그리고 우리 엄마 대하듯이 학부모님들 상대하면 싹싹하다고 다들 좋아해주셔. 다행이지. 내가 성실하게 공부하는 것 말고는 할 줄 아는 게 많이 없어서."

태형은 말을 마치고 멋쩍게 허허, 웃어 보였다.

"그럼 과외해서 용돈으로 쓰고 돈 모으고 하는 거야? 대단하다. 많이 모았겠다, 너."

예원은 농담을 하며 살짝 웃었다. 환하게 웃는 얼굴 위로 따뜻하고 환한 햇빛이 비쳤다. 태형은 예원이 신기했다. 잘

가꿔진 화단에 예쁘게 피어난 한 송이 꽃처럼, 물벼락도, 칼바람도 한 번 맞아보지 않은 것 같은 순수함이 있었다. 구김살이 없다는 건 예원 같은 사람을 보고 하는 말임에 틀림없었다. 태형은 늘 예원처럼 빛나는 사람이 되고 싶었지만 자신은 그렇게 될 수 없다는 걸 너무 잘 알고 있었다.

한편 예원은 태형에게 호기심을 느꼈다. 나이는 같지만 자신과는 달리 어른스러워 보이는 사람이었다. 다른 친구들과 적당한 거리를 유지하면서도 겉돌지 않고, 주변의 시선에 휘둘리지 않으면서 묵묵히 자신의 길을 걷는 것처럼 보였다. 어떤 목표가 있는지는 모르겠지만 삶에 대한 태도가 확실히 여느 새내기 대학생들보다 진지했다. 예원은 부러움인지 동경인지 확실하지 않은 어떤 감정을 느꼈다. 어쩌면 두 사람은 같은 순간, 같은 감정을 느꼈던 것이다.

그렇게 다정하게 얘기하던 두 사람은 조금 전까지만 해도 거의 처음으로 말해본 사이였다는 걸 깨닫고 분위기가 조금 어색해져서 횡단보도 신호가 얼른 바뀌기를 기다렸다. 신호가 바뀌려던 찰나에 트럭 한 대가 멈추지 않고 속력을 더 높이며 횡단보도를 통과했다. 오래된 차라서 그런지 엄청난 속도에 굉음이 울려 퍼졌다. 트럭이 횡단보도를 지나고 나자 보행 신호로 바뀌었다. 예원이 살짝 눈살을 찌푸리며 말했다.

"저렇게 험하게 운전하면 차에 타 있는 건 본인인데, 무섭지도 않은가봐."

"그러게. 사고란 게 한순간인데…."

"맞아. 나도 얼마 전에 큰 사고를 봐서, 살다보면 그럴 수도 있지 하는 이해심이 막 생기진 않네."

"그래? 나도 얼마 전에 사고 난 거 봤는데. 저기 감성횟집 박살났잖아. 나 그때 거기 지나가던 중이었거든. 큰 사고라서 학교에도 소문 많이 났었어."

태형이 말을 이었고, 예원은 깜짝 놀라서 물었다.

"진짜? 나도 그때 거기 있었어. 나 하마터면 차에 치일 뻔했거든."

"뭐? 그게 너였다고? 휴대폰 보면서 걷던 사람, 그거 너야?"

"어? 너도 거기 있었어? 혹시 나 구해준 사람이 너야?"

둘은 의외의 사실에 깜짝 놀라 얼굴을 마주 보았다. 예원은 얼른 정신을 차리고 다시 물었다.

"그런데 왜 갑자기 사라진 거야? 정신 차린 다음에 인사하려고 보니까 없더라고."

"아…. 그게 내가 수업에 늦어버려서 뒷수습은 못 도왔어."

"그랬구나. 아무튼 고마워! 꼭 인사하고 싶었는데 이렇게 만났네? 그땐 너무 놀라서 감사 인사도 못 전하고 아쉬웠거든."

"당연히 할 일을 한 거지. 누구라도 그렇게 했을 텐데, 뭘."

사고 얘기가 길어지자 태형은 빨리 대화 주제를 바꾸고 싶었다. 조금만 더 얘기하면 온몸과 얼굴이 피범벅이 되어버린 상상 속 아빠의 모습이 또 떠오를 것 같았다.

"아무튼 그 사고 난 사람은…."

예원이 말을 이으려고 하자 태형이 갑자기 굳은 표정으로 신호 바뀌겠다, 뛰자, 하고 먼저 횡단보도를 건넜다. 예원은 약간 당황하며 횡단보도를 따라 건넜다. 태형은 뒤도 돌아보지 않고 빠른 속도로 걷기만 할 뿐이었다.

"혹시 내가 뭐 실수한 거 있어?"

예원이 조심스럽게 묻자 태형이 화들짝 놀라며 대답했다.

"아니, 그런 거 아니야! 점심 먹은 게 잘못됐는지 갑자기 속이 울렁거려서 그래."

진짜로 태형은 안색이 점점 창백해지다가 급기야 속이 안 좋다며 가까운 카페로 들어가자고 했다. 카페에 들어서기 무섭게 태형은 바로 화장실로 달려갔다. 예원은 그런 태형을 위해 따뜻한 매실차를 시키고 자기 몫으로는 아이스 아메리카노를 시킨 뒤 계산했다. 잠시 후 태형이 머쓱한 표정으로 나와 예원에게 다가왔다.

"미안해, 놀랐지?"

"아니야. 몸은 괜찮아? 안 좋으면 꼭 오늘 안 해도 돼."

예원은 걱정스러운 표정을 지으며 물었다.

"괜찮아. 화장실 다녀오니 아무렇지도 않아."

태형이 대답하며 자리에 앉자 예원이 매실차를 그의 앞으로 내밀었다.

"좀 마셔봐. 몸 따뜻해질 거야. 차가운 음료는 속이 더 안 좋아질까봐 그냥 마음대로 시켰어."

"고마워…. 근데 계산은?"

"내가 했지. 나 죽을 뻔한 거 구해준 사람인데. 오늘은 속이 안 좋으니까 다음번에 내가 맛있는 거 살게."

싱긋 웃으며 예원이 말하자 태형은 약간 민망해하며 연신 고맙다고 말했다. 둘은 음료도 시켰으니 다른 곳으로 이동하지 말고 여기서 할 수 있는 만큼 해보자고 합의를 보고 각자 집중해서 과제를 하기 시작했다.

조용한 분위기가 한동안 지속되었다. 그런데 카페 밖을 지나가던 민주가 과제를 하고 있는 두 사람을 발견하고, 카페로 들어오더니 태형의 옆자리로 와 앉았다. 한눈에도 일부러 허벅지를 붙이고 앉는 게 보였다.

"너희 무슨 얘기 하고 있었어?"

갑작스러운 등장만으로도 당황스럽기 짝이 없었는데 해맑은 표정으로 예원과 태형을 번갈아 쳐다보는 민주를 보자, 두 사람은 할 말이 나오질 않았다. 민주가 웃으며 태형의 팔을 잡자, 태형이 화들짝 놀라며 팔을 뺐다. 민주는 그 모습을 보고선 큭큭 웃더니 갑자기 뜬금없는 소리를 늘어놓았다.

"태형아, 너 좀 잘생긴 것 같아."

"…어?"

태형이 표정 관리를 못하고 도와달라는 듯 어찌할 바를 모르는 표정으로 예원을 보았다. 예원은 당황스러워서 가만히 침묵을 지키고 있었다. 민주는 아주 작고 귀여운 여주인공이 당돌하고 귀여운 매력을 뿜어내는 영화의 한 장면을 흉내내는 것처럼 보였다. 적어도 민주는 그렇게 생각했겠지만 예원과 태형에게는 그저 황당한 순간이었다.

"아, 나 프린트해야 되는 자료가 있어서 먼저 갈게! 자료 조사한 건 다음에 맞춰보자."

예원은 보면 안 되는 장면을 본 것처럼 얼굴이 확 붉어져서는 짐을 챙겼다. 태형이 잠깐만, 하고 예원을 붙잡았지만 예원은 더 빠른 걸음으로 그 현장을 빠져나왔다. 민주는 자기 때문에 급히 나가는 예원을 부르지도 않고 가만히 쳐다만 보고 있었다.

"이상으로 발표를 마칩니다."

상민이 발표를 마무리하자 교수님이 일어나며 입을 뗐다.

"자, 이 정도면 조별 과제 다들 잘 해온 것 같네요. 한 학기 동안 공부니, 과제니, 열심히 하느라 고생했습니다. 겨울 방학 잘 즐기시고요. 이번 학기 수업은 여기서 마칩니다. 수고들 하셨습니다."

교수님의 말이 마치자마자 박수가 터져 나왔다. 간간이 환호성을 지르는 학생들도 있었다. 마지막으로 발표했던 상민과 조원들도 서로를 쳐다보면서 만족스러운 웃음을 지었다.

"볼 것도 없어. 우리가 제일 잘했어."

자리에서 일어서면서 수빈이 말했다.

"그러니까. 진짜 장난 아니었지. 역시 예원이랑 태형이만 있으면 뭐든 다 잘 된다니까.”

상민이 말을 거들었다.

“아냐, 철호랑 상민이 너네도 고생했어. PPT 만드는 것도 거들고 발표까지 하느라고. 수빈이랑 민주도 고생 많이 했지? 남은 시험도 잘 마무리하자.”

예원이 살짝 웃으면서 얘기했다. 한 사람의 이탈도 없이 합심해서 해낸 기적 같은 조별 과제였다. 서로 신뢰가 쌓인 것은 말할 것도 없고 은근한 동지애까지 느껴졌다. 물론 중간에 약간의 위기도 있었다. 민주가 모임에도 몇 번 빠지고 약속했던 마감 시간도 놓쳤다. 그래도 예원이 끝까지 독려해서 결국 좋게 마무리될 수 있었다.

대학 생활 중 가장 어렵다고들 하는 조별 과제를 이 정도에서 마칠 수 있었기에 애교로 받아줄 수 있는 수준이었다. 분위기를 느꼈는지 민주가 들뜬 목소리로 잠깐만, 하고 말하자 나머지 다섯 명의 시선이 민주에게 몰렸다.

“우리 아빠 지인분이 강원도에 펜션을 하시는데 아직 홍보가 제대로 안 돼서 사람이 별로 안 찾아온대. 무료로 이용하고 학교랑 SNS에 홍보 좀 해달라고 했는데, 우리 여섯 명이 가면 딱 좋을 것 같아. 같이 갈래? 우리 조별 과제도 이렇게 잘 끝냈는데 좀 아쉽잖아."

민주를 제외한 다섯 명은 서로를 잠깐 쳐다보다가 상민이 먼저 대답을 했다.

"그래, 난 좋지."

그러자 수빈과 철호도 좋다며 고개를 끄덕였다.

"난 이번에 힘들 것 같네, 미안."

단번에 거절하는 태형을 보며 민주는 실망스러운 표정을 지었다.

"나는… 생각 좀 해보고 내일 말해줄게."

예원은 여행을 가고 싶기도 했지만 어쩐지 조금 부담스럽기도 해서 대답을 미뤘다. 강의실을 나서면서 수빈이 예원에게 속닥거렸다.

"예원, 방학에 혹시 중요한 일 있는 거야?"

"아니, 그런 건 아니고, 그냥 일정을 좀 봐야 할 것 같아서. 갑자기 들었는데 오늘 바로 결정할 수 있는 건 아닌 것 같네."

예원이 어색하게 웃어 보였다. 물론 일정을 본다는 것도 거짓말은 아니지만 그보다 예원은 요즘 들어 민주가 약간 불편했다. 카페 사건의 어색함 이후로 조별 과제 때문에 연락을 하면서 조금 친해지긴 했지만, 뭐랄까, 예원과는 성격이 좀 맞지 않는 듯했다. 처음에는 민주가 어리광이 좀 있는 스타일이라고만 생각했는데, 갈수록 가기 싫은 모임 자리에 계속 예원을 부르거나 하기 싫은 일들을 계속 같이하자고 졸라댔다. 예를 들면 클럽에 같이 가자고 한다든지, 과팅에 나가자고 한다든지. 예원이 별로 내켜하지 않는 일들 말이다. 심지어 태형에게 잘생겼다고 면전에 대고 말하며 호감을 표시하면서도 그랬다.

예원에게 쉬는 시간에 화장실을 같이 가자고 조르기도 했다. 민주가 그렇게 말하는 건 보통 주위 친구들의 뒷담화를 하고 싶다거나 화장을 고치는 동안 기다려달라는 뜻이었다. 대부분 무리한 부탁은 거절했지만, 사소한 부탁들은 굳이 나쁘게 굴고 싶지 않아서 들어주기도 했다. 그렇지 않으면 비슷한 이유로 친구들이 은근히 피하는 민주는 혼자가 될 터였다. 성인이 되고서도 인간관계에 서툴러 보이거나 아직도 사춘기에서 벗어나지 못한 아이들이 누군가를 따돌리는 것처럼 보이긴 싫었기 때문이다.

예원은 집으로 돌아와 예나에게 여행을 같이 가지 않겠느냐고 물었다. 아무래도 조별 과제 팀보다는 언니와 함께 여행하는 게 훨씬 편하고 좋은 추억이 될 것 같다는 생각 때문이었다.

"언니, 이번 겨울 방학에 나랑 여행 갈래? 취업 전 마지막 여행 좋잖아."

"좋은 생각이네. 하지만 좋은 생각은 너만 하는 게 아니지. 이미 민규랑 가기로 해서. 미안. 근데 갑자기 웬 여행?"

예나는 비비크림을 얼굴에 슥슥 바르면서 말했다.

"친구들이 강원도 여행을 같이 가자는데 좀 부담스러운 친구도 있고 해서, 일단 생각해보겠다고 했거든. 나는 언니랑 같이 가는 게 더 좋으니까, 언니가 좋다고 하면 그쪽엔 못 간다고 거절하려고 했지."

"나랑은 기회를 만들기만 하면 언제든지 같이 갈 수 있는 거고, 너네 조금 있으면 남자애들은 다 군대 가고 여자애들도 휴학하는 애들 있을 건데, 그러면 그 멤버가 언제 다시 뭉칠 수 있을지 몰라. 나중에 또 기회가 있겠지 하면 없다? 할 수 있을 때 못하면 무조건 후회하게 돼."

"그래?"

"그럼. 나도 얼마나 많이 후회했는데. 그리고 강원도면 스키 타러 가는 거 아니야? 이 기회에 그런 것도 좀 배우고 해 봐. 사람들이 괜히 그런 걸 하러 다니는 게 아니야."

"그럴까…. 언니는 어디 가는데?"

"아직 확실히 정하지는 않았는데 제주도 생각 중이야. 겨울 제주도 되게 분위기 있을 것 같지 않아? 꼭 가보고 싶었는데 이제 취업 전 마지막 여행일지도 모르니까 내가 가자고 졸랐어."

"그래? 눈 내리면 진짜 예쁘긴 하겠다. 근데 언니는 8년이나 만나도 아직 그 오빠가 좋아?"

"뭐, 설레는 건 별로 없는데, 같이 뭘 하든 좋으니까 좋다고 해야겠지?"

"와, 그걸 바로 가족 같아졌다고 하는 건가. 결혼할 거야?"

"결혼해야지. 난 그냥, 다른 남자를 사귀어보고 싶은 마음이 없어. 이미 너무 편해져서. 처음에 서로 호감 갈 때 눈치 싸움 하는 게 너무 싫어."

"언니가 눈치 싸움을 해본 적이나 있어? 한 명밖에 안 사귀어봤으면서."

"내가 친구가 없냐? 친구들은 연애상담 다 나한테 해. 연애하기 전에 눈치 싸움하는 거 몇 번만 들어봐. 듣는 사람이 다 지친다니까."

예원은 곰곰이 생각하다가 물었다.

"연애하는 건 안 지쳐?"

"안 지쳐. 오히려 재밌지. 가끔 싸울 땐 힘들기도 하지만 대부분 즐겁지. 너도 연애 좀 해. 연애야말로 대학 생활의 꽃인데."

"생각만 해도 귀찮을 것 같은데? 수업 듣고, 과제도 하고, 집에서 쉴 시간도 없이 저녁 먹으러 나가야 하니 화장 고치고 할 자신이 없단 말이야."

"그래도 가끔 인생이 힘들 때 사랑하는 사람이 위로가 된단 말이지. 우리 나이에 즐길 게 연애밖에 더 있냐?"

예나는 마치 인생을 다 살아본 것 같은 말을 남기고 화장품 파우치를 가방에 툭 던져 넣은 뒤 나 간다, 하는 말을 남기고서 문을 나섰다.

예원도 언니처럼 연애를 해볼까 생각했다. 과 친구들도 하나둘 연애를 시작하는 것 같고, 이미 여러 번 헤어졌다 다시 만났다를 반복하는 친구들도 있는 것 같았다. 아마 연애에 관심이 없는 사람은 예원뿐이지 않을까 생각될 정도로 친구들은 발 빠르게 이성 친구들을 선점했다. 헤어짐이 주는 아픔은 차차 생각하기로 하고, 기회가 되면 연애가 주는 행복이 도대체 뭔지 한번 알아보는 것도 나쁘지 않을 듯했다.

언니와 얘기하길 잘했다고 생각하면서, 예원은 강원
도 여행에 같이 갈 수 있을 것 같다고 친구들에게 메시지를
보냈다.

5

조별 과제 팀원 중 한 명의 낙오자도 없이 6인승 SUV를 꽉 채웠다. 운전대를 잡은 상민이 뒤를 한 번 힐끗 쳐다보더니 말을 이었다.

"태형이까지 오다니. 진짜 재밌게 놀아야 되겠다."

조수석에서 수빈이 맞아, 맞아, 하며 맞장구를 쳤다. 태형은 대답 대신 살짝 미소를 지어 보이며 휴대폰에 온 문자를 확인했다.

'재밌게 잘 놀다와.'

엄마였다. 태형은 늘 그랬던 것처럼 이번에도 여행은 꿈도 못 꿀 줄 알았다. 그토록 원하던 친구들과의 시간, 진짜 대학생 같은 시간을 얻게 된 건 태형으로서는 정말 의외였다. 열심히 가르치던 학생 중 한 명이 1년 내내 전교 1등을 유지하게 되면서 그 아이의 어머니께 보너스와 휴가 아닌 휴가를 받게 되었다. 다른 학생들의 스케줄도 이리저리 조정하면서 2박 3일이란 시간을 드디어 낼 수 있게 된 것이다. 보너스 금액은 무려 백만 원이었다. 예상치도 못했던 금액이라 처음에는 받지 않으려고 했지만 "내가 너무 기분이 좋아서 주는 거고 더 열심히 해달라고 주는 거니까 꼭 받아줬으면 좋겠어요."라고 하는 학부모님의 은근한 강요를 거절하지 못했다. 물론 기분이 좋아서 주시기도 했겠지만 다음 학년도 전교 1등을 유지시켜주어야 할 것 같아서 저절로 부담감이 생기긴 했다.

만약 보너스만 받고 휴가만 며칠 주어진 정도였다면 태형은 이번 여행에 함께하지 않으려 했다. 집에 혼자 있을 아픈 엄마를 생각하면, 아무리 2박 3일이 짧은 일정이라고 해도 혹시 무슨 일이 생길지 몰라 불안했기 때문이다. 그런 아들의 걱정을 알았는지 학기가 끝날 즈음 엄마가 태형을 불렀다. 갑작스런 호출에 걱정이 앞섰는데 엄마는 뜻밖에도 큰돈은 아니지만 사고 싶은 것을 사든지 하고 싶은 것을 하라며 20만

원을 건넸다. 태형은 엄마가 무슨 돈이 있느냐며 손사래를 쳤지만 엄마는 그동안 태형에게 작은 선물이라도 사주고 싶어서 꼬박꼬박 돈을 모았다며, 무엇을 좋아할지 몰라서 차라리 필요한 것을 직접 살 수 있게 돈으로 주는 게 낫겠다 싶어 주는 거라고 했다. 지나가버린 생일에 줬어야 하는데 늦어서 미안하다며 가끔은 부모 노릇을 할 수 있게 해달라는 말도 덧붙였다. 태형이 태어난 날은 한여름답지 않게 어쩐지 시원한 날이었다고, 모든 게 그날 태어난 작은 아기를 위한 것 같았다는 말과 함께. 태형은 가슴속에서 무언가가 울컥하고 올라오는 것 같았다. 아빠가 돌아가신 이후로 사는 게 너무 바빠서 느껴보지 못했던 보살핌의 따뜻함이 그를 감싸 안는 느낌이었다. 아마 엄마도 태형이 가끔은 가장의 무게에서 벗어나 자기 나이대의 친구들처럼 또래 아이들과 근사한 날을 즐기기를 간절히 원했을 것이다. 그렇게 태형도 돈의 액수가 아닌 엄마의 진심에 감사함을 느끼며 기분 좋게 여행에 참여할 수 있게 되었다.

"무슨 생각해?"

태형의 옆자리에 앉아 있던 민주가 얼굴을 앞으로 불쑥 내밀며 물었다.

"아, 그냥. 이렇게 여유롭게 놀러가고 있다는 게 실감이 안 나서."

그러자 민주가 픽 웃으면서 턱에 손을 괴고는 태형을 뚫어지게 쳐다보기 시작했다. 민주는 이번 여행에서 태형의 유일한 부담이었다. 하지만 지금 함께하지 않으면 대학 생활이 다 끝나도록 다음 기회는 없을 게 뻔했기 때문에 여행을 포기하지 못했다. 태형은 멋쩍은 웃음을 지으며 민주의 눈을 피했다. 수빈이 바로 뒷자리에 앉아 있는 철호에게 물을 건네다가 그 모습을 보고는 운전하는 상민에게 소곤소곤 댔다.

한편, 그 차 안에서 약간의 눈치 싸움이 일어나고 있다는 걸 전혀 알아채지 못한 예원은 태형의 '여행이 실감나지 않는다'는 말에 고개를 살짝 끄덕이고 다시 조용히 창밖을 바라보았다. 예원도 사실 이 여행이 실감나지 않았다. 단체로 가는 MT 말고 이렇게 소수로는 여행을 가본 적이 없어서 더더욱 그랬다. 스키도 한 번쯤 타보고 싶었고, 언니가 해준 조언이 꽤나 마음에 들어서 같이 오긴 했지만, 과연 집에서 혼자 맥주 한 캔에 넷플릭스 시리즈를 보는 것만큼 재미있을지 걱정이 되었다.

철호가 차 안 분위기를 한번 슬쩍 살피더니 큰 소리로

말했다.

"야야, 모처럼 다 같이 놀러가는데 분위기 좀 바꾸자. 자, 일단 아이돌 댄스곡으로 신나는 노래 한 곡 틀어주시고요. 제가 일정 브리핑 좀 해보겠습니다요."

철호는 가방에서 주섬주섬 종이 한 장을 꺼내더니 대충 휘갈겨 쓴 글씨로 적혀 있는 무언가를 유명 놀이공원 안내자를 흉내 내며 읽기 시작했다.

"아, 오늘도 내일도 다 같이 스키 탑니다, 보드도 탑니다. 콧물 흐릅니다, 눈물도 흐릅니다. 고기 먹습니다, 캠프파이어도 합니다. 여기는 스, 키, 존!"

"그게 뭐야? 진짜 못해."

유명 광고를 따라한 걸 눈치챈 수빈이 깔깔 웃으며 말했다.

"그러게. 그리고 일정도 아무것도 없잖아? 그냥 미친 듯이 놀기만 하면 된다는 얘기 아니야?"

상민이 말을 맞받아치며 큭큭 웃었다. 철호는 못한다는 수빈의 말에 발끈하며 다시 들어보라고 실랑이를 했다. 수빈이 음정 박자가 다 안 맞는다고 한마디 하면서 플레이리스트에 있는 신나는 곡 하나를 고른 뒤 볼륨을 올렸다. 커다란 노랫

소리에 차 안이 둥둥 울렸다. 예원은 잠깐 미간을 찌푸렸지만 이내 환하게 웃었다.

　스키장에 도착하자, 스키파와 보드파가 나뉘었다. 상민과 수빈이 보드를 타고 싶어 했고 예원도 막상 실제로 와보니 스키보다는 보드를 타보고 싶었다. 그래서 민주, 철호, 태형은 스키를 타고 상민, 수빈, 예원은 보드를 타기로 했다. 상민의 보드 실력은 웬만한 실력자들 못지않았다. 수빈과 예원은 열심히 배우려고 노력했지만 일어서면 넘어지고 일어서면 넘어지기를 반복했다.

　"야, 이거 왜 이렇게 어려워?"

　수빈이 상민의 손을 잡고 일어나며 스키나 탈걸, 하고 중얼거렸다. 예원도 수빈과 똑같은 후회를 하는 중이었다. 그러나 옆에 있던 태형을 보면 보드나 스키나 초보자들에게 어려운 건 똑같아 보였다. 태형이 쿵 하고 또 넘어졌다. 아마 열다섯 번째쯤 되는 것 같았다.

　"태형이 저러다 골병들겠다."

　넘어져 있는 예원이 이제 막 넘어진 태형을 보며 말했다. 그러자 수빈을 일으켜준 뒤 상민이 예원을 도와주러 오면서

"그 쪽 코가 석자입니다." 하고 말했다.

민주는 스키장에 자주 와봤던 건지 여유롭게 잘 타는 모습이었는데 태형 주위를 맴돌며 넘어질 때마다 한바탕 까르르 웃고 나서 일으켜주는 바람에 그걸 당하는 사람이 선의인지 아니면 놀리는 건지 헷갈리게 만들었다. 심지어 철호도 초보자라 태형 못지않게 넘어지는 중이었는데 철호 근처에는 가지도 않았다. 철호는 얼굴이 벌게진 채로 혼자서 고군분투하는 중이었다. 그 모습을 보고 있던 수빈이 상민에게 또 귓속말을 하자, 상민이 "이쪽으로 와, 내가 스키 가르쳐 줄게." 하며 소외되어 있던 철호를 불러들였다. 철호까지 가버리자 태형은 그 스키장을 떠나버리고 싶은 심정이었다. 다행히 상민이 곧바로 태형과 민주까지 불러주어서 민주와 둘만 남는 상황은 피할 수 있었다.

"너 태형이 너무 놀리는 거 아냐?"

수빈이 민주에게 농담 반 진담 반으로 말했다.

"어? 아니야. 그게 아니라 난 그냥 재밌게 해주려고 그런 거야."

"그건 재밌게 해주는 게 아니라 놀리는 거지. 계속 그런 식이면 태형이가 널 좋아하려나? 모르겠네."

수빈은 민주의 마음을 눈치챘다는 듯이 한마디를 툭 던지고 상민 쪽으로 다시 돌아섰다. 민주는 수빈의 말을 듣고는 그 자리에 잠깐 멍하니 서 있다가 슬로프를 혼자서 빠르게 내려가기 시작했다.

　　"민주 상처받은 거 아니야?"

　　예원이 걱정되는 투로 말했다.

　　"민주 여우 짓 하는 거 한두 번도 아니고, 같이 여행 왔으면 다 같이 즐거워야 하는데 태형이가 자꾸 불편해하잖아. 한소리 들을 때 됐어."

　　"그거야 그렇지만…."

　　예원이 작은 목소리로 말하자 철호가 씩씩댔다.

　　"아니, 나는 완전 투명인간 취급하잖아. 내가 마음에 안 드는 건 알겠는데 쟤도 내 스타일 아니야. 진짜 기분 나쁘네."

　　"철호, 이왕 기분 좋게 놀러 왔으니까 그냥 좀 봐주자. 여행 같이 올 때부터 이 정도는 예상했잖아. 무료로 숙소 제공해준 민주한테도 고마운 건 맞으니까 내일까지 조금만 참고 다 같이 재밌게 놀다가 가자."

　　상민이 달래자 철호는 투덜투덜하면서도 알겠다며 다시 스키를 배우기 시작했다. 그 사이에서 살짝 무안해진 태형이,

"괜히 미안하네, 나 때문에." 하고 중얼거리자 상민이 그러지 말라며 웃어 보였다. 태형은 곧 따라서 웃고는 함께 스키 배우기에 열중했다. 시간이 조금 지나자 민주가 어느새 다시 합류해 스키를 타고 있었다. 한소리를 했던 수빈에게만 살짝 거리를 둘 뿐 다른 친구들과는 다시 아무 일도 없다는 듯 굴었다. 말은 안 했지만 다들 한시름 놓은 듯한 표정이었다.

숙소로 돌아와 거하게 고기 파티를 하면서 하나둘 술잔을 들었다. 누구 하나 빼지 않고 건배를 해가며 마셨다. 마치 생전 처음으로 여행을 온 것처럼 다들 기분이 좋아 보였다. 그렇게 웃고 떠드는 사이 바깥에 눈이 내리기 시작했다.

"야, 첫눈이네."

철호가 창문을 바라보면서 말했다.

"와, 진짜 눈이네. 역시 강원도. 분위기는 제대로다. 우리 캠프파이어 하러 나가자."

수빈이 들뜬 목소리로 말하자 다들 좋다고 맞장구를 치며 캠프파이어 장소가 마련된 앞마당으로 나갔다.

예원은 걱정이 무색하게도 생각보다 훨씬 재밌게 놀며 분위기를 즐기고 있었다. 행복한 사람은 예쁘다는 언니의 논리가 맞는다면, 예원은 지금 아주 예뻐 보일 것이다. 취기가 적당히 올라 불그스름해진 태형의 얼굴도 평소보다 더 날렵해 보여, '태형이도 행복한가보네.' 하고 예원은 생각했다.

"우리 진실 게임하기로 했잖아."

"언제 적 진실 게임이냐, 그냥 맥주나 마시고 손병호 게임이나 하자."

"그래도 진실 게임을 해야지. 이런 여행에선 그런 게 제일 재밌는 거라고."

"그거 해봤자 좋아하는 사람 있냐는 게 중요한 질문 아니냐? 그거 하고 난 뒤에 할 말 없잖아."

"에이, 초 치지 말고. 그냥 일단 해보자."

예원과 태형을 제외한 아이들이 진실게임을 하느냐 마느냐를 두고 실랑이를 벌이다가 결국 하기로 했다. 예상했던 것처럼 좋아하는 사람이 있냐는 질문을 상민이 먼저 받게 되었다.

"음…."

난감해하던 상민은 말하기를 주저하다가 작게 고개를 끄덕였다. 상민의 반응에 모두가 환호성을 질렀다. 철호는 누구야, 누구야, 하면서 눈치 없이 굴었고 수빈은 옆에서 작게 미

소를 지었다. 철호가 집요하게 굴면서 갑자기 진실 게임은 이
판사판 진실 알아내기가 되어버렸고 수빈과 상민은 아직 사
귄 지가 오래되지 않았다고 실토했다. 그 두 사람은 꽤 자주
함께 다녔기 때문에 예원은 어느 정도 눈치를 채고 있었다.
태형은 축하한다며 상민의 어깨를 툭툭 두드렸다. 훈훈한 분
위기 속에서 갑자기 민주가 일어나더니 거의 소리를 지르다
시피 말했다.

"나는 태형이 좋아해! 잘생겨서!"

평소라면 분위기가 갑자기 싸해졌겠지만 다들 약간 취해
서 그런지 환호하며 태형에게 답을 구하는 듯한 눈빛을 보냈
다. 태형은 눈을 질끈 감았다가 뜨고는 한숨을 내쉰 뒤, "좋아
해주는 건 고마운데,"로 시작하는 거절 의사를 내비쳤다. 생
각보다 술이 취한 것 같은 민주는 갑자기 엉엉 울더니 마시던
맥주 캔을 바닥에 집어 던지고서 숙소로 올라가버렸다. 순식
간에 얼어버린 분위기에 다들 잠깐 굳어 있다가 상민과 수빈
은 둘이서 걸으러 가겠다며 나가버렸고 철호는 쟤 때문에 자
꾸 분위기도 이상해지고 술 맛도 떨어진다며 곧장 방으로 들
어가버렸다.

예원과 태형은 자리를 지키고 있었는데, 슬쩍슬쩍 내리는

눈에 캠프파이어라는 흔치 않은 분위기를 포기하기도 아쉬웠기 때문이다.

"불편하겠다, 너."

불을 한참 쳐다보다가 예원이 먼저 태형에게 말을 걸었다.

"뭐, 그래도 예전엔 이래본 적이 없어서 고맙다고나 할까."

태형은 웃으며 농담을 했다.

"민주도 감정만 조절이 된다면 괜찮은 친구일 텐데, 지금은 그냥 애정이 좀 필요한 거 같아."

예원은 평소라면 삼켰을 말을 입 밖으로 꺼냈다. 취하지 않으려고 조심했지만 왠지 술이 조금 과했던 모양이었다.

"그러게. 왜 나를 좋아하는지 모르겠네."

"잘생겼잖아. 너 꽤 잘생겼어. 민주가 좋아할 만 하다 싶을 만큼."

"그래? 대학 와서 그런 말 처음 들어봐. 성실하단 말은 많이 들어서 익숙해졌는데, 외모 칭찬은 처음 들어봐서 좀 불편한 것 같아."

"그렇구나. 나라도 그럴 것 같긴 하다."

"응, 외모가 나한테는 크게 중요하지 않아서 잘생겼다고 다가오는 친구들을 보면 어떻게 대해야 할지 가끔 막막해져. 그래서 그때 카페에서 같이 자료 조사 하다가 민주랑 나만 두고 너가 먼저 자리 비웠을 때 식은땀까지 흘렸다니까. 너 나가니까 민주가 내 얼굴만 쳐다보더라고."

예원은 헙, 하고 숨을 들이마셨다. 예원도 그때 먼저 자리를 비운 게 미안해서 다음번 자료 조사차 만났을 때도 선뜻 먼저 꺼내지 못했던 이야기였다.

"미안해, 나도 그때는 너무 당황해서….”

"괜찮아, 나도 바로 자리를 떴거든. 대신 다음에 진짜 맛있는 밥 사주라.”

예원은 미소를 띄우며 응, 하고 대답했고 태형은 보온병에 담긴 따뜻한 차를 예원에게도 조금 나눠주었다.

"그나저나 상민이랑 수빈이가 사귄다니 전혀 몰랐네, 깜짝 놀랐어.”

"그래? 매일 같이 붙어 다니는 걸 봐서 그런가, 난 분위기가 좋다 싶었는데.”

"그랬구나. 내가 관심이 없어서 잘 몰랐나보다. 넌 연애하고 싶은 마음 있어?”

다시 멍하니 불을 보던 예원에게 태형이 물었다.

"응, 하고 싶어."

"그거 의외네? 안 하고 싶어 할 줄 알았어."

"왜? 친구들이랑 잘 안 어울려서?"

"뭐, 그런 것도 있고⋯."

"맞아, 원래는 관심 없었어. 근데 우리 언니가 스물네 살인데 8년째 연애 중이거든. 진짜 오래 사귀었지? 내가 그렇게나 오랫동안 연애할 만큼 그 사람이 좋으냐고 물어봤어. 그랬더니 좋다고 하더라고. 설레거나 하는 건 이제 별로 없지만 가족 같고 편안하고 의지할 수 있고⋯. 난 그런 느낌이 좀 궁금해. 그래서 기회가 되면 연애해보고 싶어."

"그렇구나⋯."

"너는?"

"난 아직 연애할 만큼 여유가 없는 것 같아. 사는 게 너무 바빠서. 조장도 못했잖아."

태형이 멋쩍게 웃으면서 예원을 바라보자 예원도 살짝 웃어주었다.

"그러게. 근데 한 번뿐인 스무 살이잖아. 보통 이 시기엔 다들 실수도 하고 실패도 하고 그래서 청춘이라던데. 너도 정말 좋아하는 사람 생기면 만나보고 싶을 수도 있어. 그게 잘

못되더라도 청춘이니까, 하면서 웃어넘기면 되잖아."

"그럴 수도 있겠지. 그런 실패라면 해보고 싶기도 해. 근데 만약에 여자친구를 사귀게 되면 내가 너무 짐이 될 것 같아. 계속 미안한 상황만 생길 것 같기도 하고."

"무슨 짐?"

"…나 우리 집 가장이거든."

"응?"

술김에 대단한 비밀인 것 같은 말을 털어놓은 태형을 예원이 당황스러운 얼굴로 쳐다보았다.

"그런 얼굴 많이 봤어. 고등학생 땐 가정환경이 힘들다는 걸 친구들이 이해해줄 줄 알고 몇 번 얘기해 봤거든. 근데 약점 그 이하, 그 이상도 아니더라. 그래서 대학교 들어와서는 아무한테도 말 안 했어. 그냥 열심히 사는구나, 혹은 돈에 미쳤구나 하는 정도로 나를 보겠지 싶어."

"그랬구나…. 근데 나한테는 얘기해줘도 상관없는 거야?"

"응, 너라면 괜찮을 거 같아. 너라면 누군가의 아픔을 알고 있다고 우쭐해하거나 약점으로 잡을 것 같진 않아서. 난 네가 구김살은 없지만 그렇다고 세상을 순진하게 살지도 않는 게, 뭐랄까, 좀 부러웠어."

"그래? 난 오히려 네가 부럽던데. 넌 목표를 향해 쉼 없이 달리는 것 같아서. 어떻게 살아야 하는지, 뭘 위해서 살고 있는지 잘 아는 것 같아서 대단해 보이더라고. 난 평범한 집에서 평범하게 자라서 평범하게 살고 있는데. 가끔 목표도 없이 살 거면 왜 사나, 하는 생각이 들거든."

태형이 깜짝 놀란 듯이 예원을 쳐다보자 예원이 말했다.

"오해하진 마. 그렇다고 죽고 싶단 뜻은 아니고…. 말하자면 삶의 의미를 찾고 싶다고나 할까?"

"와, 대단한데. 삶의 의미라니. 그거 죽을 때까지 찾을 수 있긴 한 건가?"

"그러게 말이야."

예원이 잠깐 웃고는 다시 말을 이었다.

"그때, 교통사고 났을 때 말이야. 너무 허무하더라고. 사는 게. 안 그래도 사람은 도대체 무슨 사명을 갖고 살아가는 걸까, 학교라도 짓고 NGO 단체라도 들어가서 일을 해야 의미를 찾을 수 있을까 맨날 생각하는 사람인데, 그런 일이 눈앞에서 일어나니까 다 의미 없다는 생각이 많이 들었어. 그래서 한동안은 좀 많이 우울했어."

"그럴 수 있겠다."

"넌 괜찮았어?"

"…아니…."

태형이 한숨을 한번 쉬더니 말을 이었다.

"사실, 우리 아빠가 교통사고로 돌아가셨거든, 내가 초등학생일 때. 시신 보는 걸 엄마가 반대하기도 했고 나도 굳이 보고 싶지 않았어. 어쩌면 갓 튀긴 따뜻한 통닭 한 마리 들고 웃으며 며칠 만에 집에 들어오는 아빠의 모습만 기억하고 싶었는지도 모르지. 근데 그때, 사고당한 남자를 보니까 온통 피투성이에…. 우리 아빠는 화물차를 몰았으니까 그거보다 심하면 심했지 덜 하진 않을 것 같더라고. 얼굴이랑 팔, 다리, 온몸이 다 뭉개진 아빠가 상상이 돼서 자꾸 구역질이 나더라. 사실 너 구해준 그때도 그랬고, 너랑 횡단보도 건너던 그때도 그랬어."

태형이 예전과 같이 굳은 표정으로 말을 하자, 예원은 그랬구나, 하며 위로하는 듯한 따뜻한 눈빛으로 태형을 바라보다가 말을 이었다.

"그런 일이 있었다면 난 너무 힘들어서 제정신이 아니었을 것 같은데 이렇게 잘 버티면서 열심히 사는 게 대단하네. 넌 내가 생각했던 것보다 훨씬 강하고 멋있는 사람이구나?"

    태형은 그러냐고 되물었고 예원은 고개를 세차게 끄덕였다. 둘은 다시 잠깐의 침묵에 몸을 맡겼다. 조금 친해졌다는 생각이 들어서인지 아니면 술기운 때문인지 서로 아무 말도 하지 않아도 분위기는 편안했다. 밤공기는 차가웠지만 어쩐지 따뜻하기도 한 것처럼 느껴졌다.

    "춥다, 이제 들어가자."

    태형이 말하자 예원이 그래, 하고 대답했다.

    어제의 화기애애한 분위기를 다 망쳐놓은 민주는 마치 어제 일은 전혀 기억나지 않는다는 듯이 김치찌개를 끓이는 태형 옆에 찰싹 붙어 서 있었다. 태형은 살짝 불편한 듯 보였지만 여행을 무사히 마무리 하자는 상민의 말을 의식했는지 별다른 말을 하지는 않았다. 예원은 한동안 침대에서 나오지 못했다. 같이 보드를 배웠던 수빈도 한참을 끙끙대다가 겨우 1층으로 내려갔는데, 예원은 도저히 일어설 수 없을 만큼 몸이 무거웠다. 보드 배우기 정말 힘들구나, 하는 생각을 하던 찰나 수빈이 물 한 컵을 들고 다시 방으로 들어왔다.

    "예원, 괜찮아?"

    "응. 근데 이거 진짜 장난 아니다. 다리도 다린데 온몸의

관절이 하나도 안 움직여."

"그럴 만도 하지. 어제 너무 열심히 배웠어 우리."

수빈이 살짝 웃으며 물컵을 건넸다. 예원은 으악, 소리를 내며 물컵을 받아 꿀꺽꿀꺽 마셨다.

"켁켁⋯."

"괜찮아? 천천히 마셔."

"아, 응⋯."

예원은 물을 마시는데 왠지 목구멍에서 물이 다시 올라오는 듯한 느낌이 들었다. 사레들린 것과는 다른 것 같은 생소한 느낌에 잠시 갸우뚱했지만 곧 별일 아닐 거라 생각하며 수빈을 따라 1층으로 내려갔다.

오후에는 예원을 제외한 친구들만 전부 스키를 타러 갔다. 예원은 왠지 컨디션이 좋지 않아서 숙소에서 좀 쉬겠다고 했다. 약간의 소란이 있었지만 여행은 생각보다 평화롭게 끝났고, 상민과 수빈이 사귄다는 것, 민주가 태형을 좋아한다는 것을 공공연히 알게 되었다. 그리고 여행 이후로 예원과 태형은 어느새 연락을 주고받는 사이가 되었다.

6

예원과 태형이 주고받는 연락은 참 특이한 형태였다. 시작은 태형이 보낸 맑고 푸른 하늘 사진이었다. 삶의 의미는 먼 곳에 있지 않을 거라며 평범한 하루 곳곳에 들어 있는 아름다움을 나눠주겠다고 시작한 일이었다. 그러면 예원도 예쁘다고 생각하는 풍경을 보내주기도 하고 가끔은 일기 같은 짧은 문구, 혹은 응원을 보내주곤 했다. 예를 들면, 읽고 있는 책을 사진 찍어 보내면서 사랑받는 삶에 대한 생각을 얘기하거나 다른 이의 삶을 염탐하면서 얻는 깨달음 같은 것 말이다. 누군가가 그들의 메시지를 보았을 땐 이게 무슨 손발 오그라드는 짓이냐고 할 수도 있는 사진과 내용이었지만 한번 부끄러움을 극복하고 속내를 공유한 둘은 그 이상한 메시지를 멈출 줄 몰랐다. 특히 예원은 태형과 메시지를 주고받는 일 외에는 다른 일을 거의 하지 않았는데, 여행 이후에 감기 몸살을 2주나 앓았기 때문이다. "얼마나 재밌게 놀았으면."하고 예나가 지나가다 한마디 툭 던졌다. 예원은 대꾸할 힘도 없었다. 보드를 배운 다음 날부터 무거워진 팔과 다리는 영영 원래대로 돌아오지 못하는 것 아닌가 싶을 정도로 무거웠다. 말하는 것조차 힘들 때도 있었다. 예원은 기침이 좀 잦아들고 또 2주가 지나서야 증상이 심상치 않다고 느꼈다. 처음엔 너무 운동을 안 하다가 갑자기 활동적인 일을 해서 그런가보다, 몸살을 앓아서 그런가보다, 하고 대수롭지 않게 여겼지만 시간이 지나도 몸이 전혀 나아질 생각을 하지 않았다.

제일 힘들어진 것은 '삼키기'였다. 가까이서 지켜본 예나는 점점 예원의 증상이 심각해지는 것 같다고 느꼈다. 그 의심은 예원이 마시는 것을 코로 뱉기 시작했을 때부터였다. 둘은 함께 햄버거 세트를 먹는 중이었다.

"그래서 이름이 뭐라고?"

"태형이, 김태형."

"오, 웬일이야. 평생 연애는 안 할 줄 알았더니."

"연애가 아니라 그냥 문자 주고받는 거야."

"그런 걸 썸이라고 하는 거야."

예원은 아니라고 대답할 힘도 없어서 한숨만 푹 내쉬었다. 10분 전부터 씹고 있던 햄버거 한 입을 넘기기 위해서 집중하는 것만으로도 버거웠다. 컥컥, 기침을 두 번 하고 햄버거를 넘기려는데 삼키지를 못해서 입으로, 심지어 콧구멍으로 잘게 씹힌 음식물 조각이 흩뿌려져 나왔다. 평소라면 더럽게 뭐하는 짓이냐고 낄낄대고 놀리며 뭐라고 했겠지만 예원의 몸이 점점 나빠지고 있다는 걸 인지하고 있던 예나는 그 상황이 걱정스러웠다.

"너 괜찮아?"

예나의 물음에 예원이 휴지로 음식물을 훔치며 말했다.

"그러게. 왜 이러는지 모르겠어. 요즘 눈이 잘 안 떠지는데 또 자고 일어나면 아무 일도 없는 것처럼 괜찮고. 물을 마시면 삼키지를 못해서 코로 올라온단 말이야? 근데 또 괜찮을 때도 있어. 계단 내려갈 때는 이상하게 시력이 나빠진 것처럼 잘 안 보이는데, 근데 또 올라갈 땐 괜찮아. 이거 어디 문제 있는 걸까?"

"근데 증상이 진짜 애매하긴 하다. 그럴 땐 무슨 병원을 가야 하나. 신경과일 것 같긴 한데."

"안 그래도 한번 가보려고."

"그나저나 이제 다시 학기 시작할 텐데, 괜찮겠어?"

"어떡해…. 일단 해보는 수밖에 없지, 뭐."

예원은 근육의 움직임이 점점 둔해지는 것 같은 느낌이 의아했지만 그저 비타민이 부족하거나 아니면 좀 더 휴식을 취하면 낫는 가벼운 증상인 줄 알았다. 어쨌든 몸이 불편하니 학기가 시작하기 전에 얼른 치료해서 몸을 평소처럼 만들어 놓아야 학교생활도 무리가 없을 거라고 생각해 언니의 조언 대로 신경과를 찾았다. 처음엔 병원에서 원인을 찾아주겠거 니 하는 기대를 했지만 예상과는 달리 예원의 증상을 심각하 게 고민해주는 의사는 없었다.

"근육이 어떻다고요?"

"눈이 잘 안 떠져요."

"눈 떠보세요."

예원은 눈을 떴다. 이전에 느꼈던 불편함 없이 눈이 잘 떠 졌다. 의사는 한숨을 내쉬며 말했다.

"눈 잘 떠지는데요? 뭐, 진단서 필요하세요?"

"아뇨, 이게 증상이 왔다 갔다 하긴 하는데… 안 좋을 때가 많아요. 지금은 괜찮은데….''

"그럼 비타민 주사 맞고 가세요."

의사는 컴퓨터에 뭔가를 휘리릭 하고 타이핑하더니 한 대에 5만 원짜리 비타민 주사를 처방해주었다. 예나는 병원에서 있었던 일을 듣더니 혀를 끌끌 찼다.

"아니, 증상을 계속 어필을 해야지. 그렇다고 꾀병 의심하는 사람한테 화도 한 번 안 내고 와?"

"아니 내가 생각해도 꾀병 같잖아….''

"꾀병이야?"

"아니."

"아니잖아! 그럼 아니라고 말을 해야지."

예원은 언니의 잔소리가 듣기 싫었지만 틀린 말은 아니었다. 꾀병 취급하는 의사에게 아니라고 확실히 말했어야 하는데. 진짜 이런 증상을 동반한 병이 있을까, 스스로도 의심하는 판국에 여러 의사들의 소견을 들으니 왠지 '내가 꾀병인가?' 하는 생각이 들었던 탓이다. 후에 들린 병원 두어 곳에서도 꾀병 소리만 듣고 비타민 주사 같은 처방으로 돈만 낭비

했다.

두 사람도 큰 병 같은 게 예원에게 생겼을 리는 없다고 생각했다. 예원은 아직 어린데다 몸에 나쁜 짓은 많이 하지 않으니까. 예나가 먹는 비타민과 유산균을 훔쳐 먹기도 하고 음식을 많이 먹은 날에는 샐러드로 저녁을 먹으며 식단 관리를 하기도 했다. 술을 즐기거나 흡연을 하는 것도 아니고 잠도 꼬박꼬박 제 시간에 잔다. 평균적인 20대보다 더 건강한 생활을 하는 것 같은데, 당연히 큰 병은 생각할 수 있는 선택지에서 제외였다.

더군다나 피로도에 따라 왔다 갔다 하는 병이 어디 있겠는가. 그냥 예원이 모르는 어떠한 이유로 생긴 '증상'이라고 생각할 뿐이었다. 먹고 마시는 게 힘들고 학교까지 가는 길이 길게 느껴지고 웃는 모습이 어색하게 느껴지고 발음이 어눌해지는, 수시로 손발에 힘이 빠지고 심지어 눈을 제대로 뜨지 못하지만 한숨 푹 자고 나면 조금 나아지는, 심각하지 않은, 쉽게 고칠 수 있는 그런 증상. 그러니까 이 증상만 좀 덜 하면 일상생활은 문제없이 하다가 금방 나을 거라고 믿었다. 다만, 증상이 가져다주는 문제는 생각보다 골치 아팠다. 새해를 맞아 친척들이 모였는데, 예원이가 웃는 모습이 어색하다며 "예원이는 예전부터 이미지가 차가웠어."라는 속 긁는 소리를 해 댔다. 예나는 친척들에게 예원이가 아프다는 소리를 하기 싫어서 이만 부득부득 갈아 댔다. 심지어 예원이 그런 증상이 있다는 걸 아는 엄마까지도 힘든 건 알겠지만 인사는 밝게 하라며 한소리를 했다.

방학 중에 겪은 일들은 그나마 약과였다. 개강을 하자 사태는 더욱 심각해지기 시작했다. 움직이지 않는 얼굴을 알리고 싶지 않은 나머지 무의식적으로 친구들에게도 방어적으로 행동하기 시작했다.

"예원, 방학 동안 잘 지냈어?"

강의실에서 수빈이 살갑게 물어왔다. 예원은 움직이지 않는 입 주변 근육을 들키고 싶지 않아서 고개도 돌리지 않고 웅얼거리듯 대답했다.

"그냥."

그냥이라니. 도대체 잘 지냈냐는 말에 그냥, 이라는 대답이 말이 되기는 하는 건가. 그러나 예원은 창피한 모습을 보여주기 싫어서 다른 말을 덧붙이지 않았다. 수빈은 어리둥절한 얼굴로 예원의 옆에 잠깐 앉아 있다가 상민에게로 갔다. 태형과 나누던 메시지가 끊어진 지도 꽤 되었다. 엄밀히 말하자면 태형의 일방적인 연락만 계속되고 있었다. 태형은 수업 내내 예원을 흘끗흘끗 보다가 수업이 끝난 후 예원에게로 다가왔다. 예원은 지금 얘기하면 멈춰버린 안면 근육을 들킬 것 같아 급하게 계단을 내려가다가 두 계단을 남기고서 쿵 넘어져버렸다. 태형은 놀란 얼굴로 얼른 달려와 예원을 일으켜주었다. 옆에 있던 친구들이 예원이 아프겠다, 고 장난을 쳤고 그 사이에 끼어 있던 민주가 깔깔 소리를 내며 크게 웃었다. 누구도 아픈 사람이 계단을 잘 보지 못해서 발을 헛디뎠다는 사실을 알지 못했다. 예원이 인지하지 못하는 사이 강의실 분위기는 전 학기와 다르게 왠지 싸늘해진 것 같았다. 예원이 예민해서가 아니라 친구들이 그녀를 보는 눈빛이 어딘가 싸한 구석이 있었다. 태형은 웃는 친구들을 피해 강의실 밖으로 예원을 데리고 나갔다. 민주가 그런 두 사람의 모습을 빤히 쳐다보고 있었다.

"고… 마워…."

예원이 띄엄띄엄 침을 삼키려고 노력하며 말했다.

"아니야. 난 괜찮아. 근데 너 좀 아파 보이는데."

태형이 걱정스런 눈빛으로 쳐다보았다. 강의실에서 창피스러운 일이 일어났다는 사실과 심각한 상황임을 인지하지 못하고 장난치는 친구들의 모습이 떠오르면서, 예원은 그제야 억울함이 몰려와 눈물이 뚝뚝 떨어졌다. 어쩌면 그런 억울함을 알아주는 사람이 그녀의 앞에 서 있는 것 같아서 눈물이 났는지도 모른다.

"말하기가 힘들어?"

예원은 고개를 끄덕였다.

"병원은 가봤어?"

다시 고개를 끄덕였다.

"혹시 아파서… 나한테 연락 못 했던 거야?"

예원은 마지막으로 고개를 끄덕였다. 태형이 데려다 줄게, 하고 짧게 대답하며 절뚝거리는 예원을 부축했다.

"태형이랑 병원도 같이 갔다가 집까지 같이 왔다고?"

"응….."

"그러고 바로 가버린 거야?"

예원은 예나의 물음에 고개를 끄덕였다.

"태형이가 고생했네…. 다리는 괜찮대?"

"응. 얼음… 찜… 질… 잘… 하래…."

예나는 예원을 빤히 쳐다보았다.

"점점 이렇게 심해지는데 지난번 갔다 온 병원에서는
뭐래?"

"피곤… 해서… 그… 럴 거… 라고….…"

"아니, 진단이 왜 그렇게 되는 거야, 도대체."

예나가 답답한 표정으로 가슴을 쾅쾅 치며 말했다.

"안 되겠다. 나랑 같이 가보자, 지금."

예원의 손을 붙잡으며 일어나는 예나의 표정은 비장하기
까지 했다.

"또… 그냥… 가… 라고… 하면…?"

"됐어, 오늘 병명 안 찾아주면 집에 안 올 거야."

예나는 새롭게 찾은 신경과 병원으로 숨 고를 틈도 없이
예원을 데리고 갔다. 대기실에서 기다리던 예원과 예나는 차
례가 되자 진료실로 함께 들어갔다.

"어떻게 오셨어요?"

"눈이 잘 안 떠지고요. 시력도 좀 나빠진 것 같고. 음식을
잘 못 삼켜요."

말이 어눌해진 예원 대신 예나가 잽싸게 대답했다.

"네…?"

"들으신 그대로예요. 말씀드린 모든 게 잘 안 돼요. 그리고

피곤하면 몸에 힘이 빠지는 것도 같대요. 말 하는 것도 되게 어눌해졌어요. 그치? 너 말 해봐 봐."

예나가 예원의 등을 툭 치며 말했다. 예원이 당황하며 무슨 말을 할까 잠깐 고민하던 사이를 참지 못하고 의사가 먼저 말을 했다.

"휴…. 눈 잘 뜨시는 것 같은데…. 혹시 목에 무슨 문제가 있는지 이비인후과 먼저 다녀오세요."

이번 의사 선생님도 이전 선생님들처럼 한숨을 한 번 푹 쉬면서 이비인후과에 다녀오라고 했다. 신경과에서도 원인을 못 찾는데, 이비인후과라고 알 수 있을까. 예나는 날도 더운데 뭐 하자는 거냐며 씩씩대긴 했지만, 혹시나 하는 마음으로 이비인후과로 다시 동생을 데리고 갔다. 그러나 진료실에 들어간 두 사람은 의자에 앉아보지도 못했다.

"아니, 음식을 못 삼키는데 이비인후과에서 해줄 수 있는 게 뭐가 있겠어요. 여긴 그런 진료 안 봅니다."

"저희도 신경과 선생님이 가보라고 해서 온 거예요. 이비인후과에서 진료할 수 있는 병이 아닌 게 확실하죠?"

예나의 날 선 대답에 의사가 안경을 추켜올리며 네, 이비인후과에선 안 봅니다, 하고 차갑게 말하더니 나가라는 듯 컴

퓨터 쪽으로 시선을 돌렸다.

"환자를 이렇게나 막 대하다니! 돈 내고 진찰받는 고객인데!"

그날따라 봄치고는 이상하게 날씨가 더웠다. 예나는 이리저리 오가느라 얼굴에서 화장품과 땀이 같이 흘러내리는 건 아랑곳하지도 않고 예원을 다시 신경외과로 잡아끌었다. 씩씩거리며 진료실로 들어간 예나는 짜증을 내다시피 말했다.

"선생님, 얘가 꾀병이라고 생각하시는 건 이해하겠는데요. 저희도 이 증상이 어이없어요. 피곤하면 안됐다가 좀 자면 됐다가 하는 게요. 근데요, 진짜 그렇다니까요? 얘가 물 마시다가 코로 내뿜는 걸 제가 봤어요. 진단서가 필요해서 그러는 것도 아니에요. 얘가 수업이라곤 한 번을 빠진 적 없는 애거든요. 인생이 지루해서 학교를 열심히 다니는 애예요. 근데 무슨 진단서가 필요해요? 우린 진짜 아파서 원인을 찾으러 온 거예요. 음식을 못 삼킨다고요. 못 먹어서 죽으면 어떡해요? 그러니까 진단명 찾아주기 전까진 집에 못 가요."

얼굴이 시뻘게져서 언성이 높아진 예나의 말에 의사 선생님은 잠깐 고민에 빠졌다가 눈 주변 근육 검사를 해보자고 했고, 마침 그 모든 소란에 피곤해진 예원의 눈가 근육이 제 기능을 잃기 시작했다.

"보세요!"

의사 선생님은 펜 하나를 들고 예원의 눈 주변으로 동그라미를 그리며 펜을 따라 눈동자를 움직여보라고 했다. 기능을 상실하기 시작한 예원의 눈은 그 펜을 따라가기도 벅차 보였다.

"말씀하신 것처럼 확실히 근육이 안 움직이는 것 같네요."

"그죠?"

"이 약 처방해줄게요. 두 알. 오늘 저녁에 먹어보고 만약에 효과가 있으면 내일 다시 오세요."

예나는 상황이 나아질 거라는 안도감과 하루 종일 힘들게 의사들과 실랑이를 한 피로감이 함께 몰려와 눈은 무표정하고 입은 입꼬리만 살짝 올라간 이상한 표정을 지어 보였다. 예원은 감사하다고 힘겹게 말하며 예나와 함께 병원을 빠져나왔다.

아프다는 걸, 그녀가 지금 정상이 아니며 혼자서는 먹을 수도 마실 수도 없고 눈도 제대로 뜨지 못하는 상황이라는 걸 증명하기 위해서 이렇게까지 해야 한다는 게 약간 슬펐지만 그래도 약을 받을 수 있었다는 것에 감사했다. 그간 밥을 제대로 못 먹었던 걸 보상하기 위해 그날 저녁은 예원이 제일 좋아하는 스시 집에서 먹기로 했다. 제발 약이 효과가 있어서 한 끼는 편안하게 먹을 수 있기를 기도했다.

자주 가는 스시 집에서 식사를 주문하기 전에 약을 간신히 삼켰다. 음식이 나오자 배가 고팠던 예원이 헐레벌떡 스시 하나를 집어먹었다.

"어때? 효과가 있어?"

예나가 급히 약 효과에 대해 물었다.

"어? 잘 삼켜진다!"

10분 후 나타난 약 효과에 예원이 예전처럼 밝고 명랑하게 대답했다.

"드디어 맘 편히 밥 먹을 수 있겠다."

음식을 많이 먹을 수 없어서 그동안 배가 고파도 참아왔던 예원은 그날만큼은 맛있는 음식을 배불리 먹을 수 있었다. 그렇게 마시고 싶었던 물도, 콜라도 꿀떡꿀떡 마셨다. 휴대폰을 확인해보니 어스름한 저녁에 깔린 어둠 속에 밝게 빛나는 달 사진이 와 있었다. 예원은 스시 사진을 찍어 보내며 '저녁 먹기 성공.'이라는 문구를 적어 보냈다.

이제 막 샤워를 마치고 침대에 살짝 기대앉은 태형은 휴대폰에 온 문자를 확인했다. 예원이 저녁 먹기를 성공했다는 내용이었다.

"그동안 밥 먹는 것도 힘들었구나…."

잠깐 안쓰러운 표정을 지으며 그동안 혼자 머릿속으로 상상해오던 소설을 말끔히 지우자, 혼자 했던 오해에 괜히 미안한 기분이 들었다. 태형은 이제 예원이 문자가 재미없어졌다든가 아니면 남자친구가 생겼다든가 하는 이유로 그의 연락을 피하는 줄로만 알았다. 이렇게까지 아플 거라곤 생각도 못했었다. 태형은 한참을 뜸들이다가 '미안해, 푹 쉬어.'라고 답장했다. 그러곤 혹시나 답장이 올까 기다렸지만 밤이 다 가도 알림은 울리지 않았다.

7

신경과를 일곱 군데나 거쳐 드디어 알아낸 예원의 병은 '중증근무력증'이라는 난치병이었다. 병명을 알아낸 후, 의사 선생님이 써준 소견서로 대학병원을 예약했고 곧 자세한 설명을 들을 수 있었다. 이 병은 약을 먹으면 증상이 호전되기는 하지만 일시적일 뿐 근본적인 치료를 하기가 매우 어렵다고 했다. 심지어 원인도 모르는 경우가 많아서 치료가 매우 어렵지만, 불행 중 다행인 건 예원은 원인으로 추정 되는 '흉선'이 아직 가슴 안쪽에 남아 있다는 거였다.

이런 경우에는 수술로 흉선을 제거하면 예후가 좋았다는

사례가 꽤 있지만, 아직 예원의 나이가 어린데다 가슴뼈 절개라는 위험 요소, 그리고 무지막지하게 남을 흉터를 고려해 수술보다는 약물 치료만으로 회복이 가능한지 먼저 확인해보기로 했다.

예원을 괴롭히는 흉선은 어릴 때 몸속에 있다가 성인이 되면서 자연스레 지방이 되어 없어지는 나비 모양의 기관인데 예원의 경우엔 아직도 없어지지 않고 남아 있다는 것이었다. 어떤 이유가 방아쇠가 되었는지는 모르지만 흉선이 아직 남아 있는 것과 맞물리면서 병이 촉발된 것 같다고 했다.

그때까지만 해도 예원과 예나는 이게 하나의 해프닝이라고 여기고 있었다. 조금 힘들고 억울하고 짜증나지만 인생에서 가끔 생기는 해프닝. 시간이 흐르면 웃으며 돌이켜 볼 수 있는 어떤 일. 두 사람이 살면서 겪어왔던 크고 작은 병들은 병명을 알아내고 치료를 받으면 대부분 나아지곤 했으니 이번에도 당연히 그럴 거라고 믿었다. 어쩌면 그것은 단순한 해프닝으로 끝나길 원하는 두 사람의 바람이었을지도 모르겠다.

예원은 약에 의지하며 학기 생활을 그런대로 해냈다. 친구들과의 만남을 극도로 꺼리며 태형 그리고 계단 사건 이후로 내막을 알게 된 수빈, 상민과만 가끔 수업을 같이 들을 뿐이었다. 예원은 1년간 친구들에게 그렇게 이미지가 나쁜 편은 아니었다고 생각했는데, 어찌된 일인지 지난번 느꼈던 차가운 분위기가 계속되어 웃으며 인사하던 친구들은 이제 쌩하니 예원을 무시하기까지 했다.

"근데 혹시… 지원이랑 은빈이 왜 저러는지 알아?"

예원이 약 두 알을 입에 탁 털어 넣으며 수빈에게 물었다.

"아… 그게….”

수빈이 머뭇거리다가 예원이 궁금하다는 듯이 눈을 동그랗게 뜨자 말을 이었다.

"민주가 태형이가 너 챙기는 거 보고 질투 났는지 좀 안 좋은 소리를 했나봐."

"응? 민주랑 태형이랑 무슨 사이야? 나 그냥 태형이랑 좀 친해진 것뿐이라 소문날 것까진 없는데….”

"내가 말도 안 된다고 하긴 했는데, 민주가 태형이한테 고백도 하고 서로 좋아하는 느낌이 있었는데 너가 연약한 척 굴면서 태형이 뺏어갔다고….”

말을 듣는 순간 예원의 표정이 굳었다. 수빈도 아차 하는 표정을 짓고는 "근데 내가 아니라고 했어."라며 수습하려고 했지만 예원의 기분은 전혀 나아지지 않았다.

　나빠져만 가는 친구들과의 관계, 쌓여가는 미완성 과제만큼이나 예원의 몸도 점점 더 나빠지기 시작했다. 병원에서 권장한 약의 하루 복용량은 아침, 점심, 저녁 두 알씩, 세 번이었지만 예원은 하루에 스무 알도 넘게 먹었다. 일상을 사는 것도 힘들지만, 대학 생활을 하는 건 더 벅차서 이렇게 하지 않고서는 버틸 수가 없었다. 예원은 시험 기간에도 남들 다 먹는다는 고카페인 음료 한 번 먹지 않았는데 이 약만큼은 조절할 수 없이 먹곤 했다.

　그렇게 많은 약을 복용하면서도 예원의 몸은 점점 힘들어져서 수업에 빠지는 날도 꽤 있었고 조별 과제에 참여하지 못하는 날도 늘어갔다. 대부분 수빈이 교수님께 양해를 구하고 예원과 같은 조가 되어 그녀의 몫을 커버해주었지만 조원들의 불만은 늘어갔다.

　"예원이 또 빠졌어?"

　은빈이 수빈에게 물었다.

　"아, 몸이 좀 안 좋아서. 미안하대."

　"한두 번도 아니고 이름 빼야겠다."

　"아니, 그건 좀 그렇지 않아…? 아프다는데…."

"진짜 아픈 거 맞아? 걔 요즘 연애하느라 바쁜 거 같던데?"

은빈의 말을 들은 수빈은 머리를 감싸 쥐고 말했다.

"무슨 얘기를 들었는지는 모르겠지만, 예원이 남자친구 없고 지금 좀 아파."

"그러면 휴학을 하던지. 이렇게 피해주지 말고."

"난 도대체 뭐가 문젠지 모르겠네. 뭐가 그렇게 마음에 안 들어?"

"내가 틀린 말 했어? 우리한테 피해준 거 어쩔 건데."

"그래서 내가 예원이 파트도 맡고 있잖아…. 도대체 너네가 피해본 게 뭔데? 아픈 친구 그 정도 사정도 못 봐줘? 예원이 몫을 너 보고 하라고 한 적도 없고 내가 책임지고 다 커버하고 있는데 왜 그래."

"하는 꼴이 얄밉잖아! 너 지금 이용당하는 거야! 왜 바보같이 걔 편을 드는 거야? 생각을 해보라고. 그럼 왜 아프다는 날도 말만 잘 하고 밥만 잘 먹는 건데?"

"그건 예원이가 힘들어지기 전에 약을 꼬박꼬박 먹으니까 그렇지. 피곤하면 갑자기 또 더 힘들어하기도 하고 그렇다고 하니까…."

수빈의 대답을 듣고 있던 지원이 흥분하며 말했다.

"우리도 다 피곤하다고. 근데 피곤한 게 아픈 건 아니잖아! 솔직히 그 말도 안 되는 얘기 다 믿어주는 수빈이 너도 웃겨. 너희 지난 겨울 방학에 여행 갔을 때 민주 왕따 시키고 너네끼리 놀았다면서? 그것도 네가 주도해서."

수빈은 하, 하고 어이없다는 듯 한숨을 내쉬었다.

"그런 적 없어."

"그럼 민주가 거짓말이라도 했다는 거야? 민주가 태형이랑 잘 되고 있었는데 네가 괜히 방해하고 예원이랑 시간 보낼 수 있게 해줬다던데?"

"민주가 왜 그런 식으로 말했는지는 모르겠는데, 태형이한테 너무 부담스럽게 굴길래 그러지 말라고 한마디 한 것뿐이야. 예원이랑 같이 있는 시간 만들어준 적도 없어. 그리고 솔직히 우리가 어린애도 아닌데 뒤에서 남 얘기한 걸 그대로 믿고 따지고 드는 것도 그렇고, 누구랑 잘 돼가는데 누가 빼앗았느니 어쩌니 하는 것도 유치한 거 알지?"

"그래, 넌 작년부터 그렇게 혼자 잘난 척하더라. 그렇게 잘났으면 너랑 예원이랑 둘이서 과제 하면 되겠네? 우린 빠져줄 테니까 알아서 잘 해봐."

말을 마치자마자 지원은 자리를 박차고 일어섰고, 나머지 친구들도 약간 눈치를 보다가 지원을 따라 나섰다.

예원을 감싸고는 있었지만 사실 수빈도 힘에 부치던 차였다. 증상이 너무도 애매해서 예원이 아프다는 걸 이해하지 못하는 친구들이 대부분이었고 엎친 데 덮친 격으로 민주가 과 친구들에게 이간질을 하는 바람에 도움을 받는 것도 하늘의 별 따기였다. 친구들 사이에서 변명도 해줘야 하고 조별 과제도 두 사람 몫을 해야 했으며 태형에게 처세를 어떻게 해야 하는지 조언도 해야 했다. 작년엔 재밌는 대학 생활이라고 생각했는데, 이제는 언제까지 버틸 수 있을지를 고민해야 한다는 게 슬펐다. 게다가 예원이 빨리 낫기를 바라는 것과는 달리 예원의 상태가 점점 더 안 좋아지는 것 같아 마음이 무거웠다.

예원은 결국 휴학을 했다. 예나가 화장실 바닥에 쓰러져 있는 예원을 발견한 뒤에 한 결정이었다. 발을 헛디딘 후 팔에 힘이 들어가지 않아 화장실 바닥에 곧바로 머리를 부딪힌 예원은 그대로 기절했고 몇 분 뒤 집으로 귀가한 예나에게 발견되었다. 예나는 정신을 잃은 동생을 발견하고는 덜컥 심장이 내려앉았다. 다행히 별 탈 없이 의식이 돌아오긴 했지만 치료에 집중하기 위해서 휴학을 하는 게 어떠냐고 예나가 물었고 예원도 그 말에 동의했다. 이 상태로는 학교생활을 제대로 할 수도 없고 친구들에게 민폐만 될 게 뻔했다. 수빈에게는 그동안 신경 많이 써줘서 고마웠다고 전했고 태형에게는 얼른 나아서 다시 돌아오겠다고 했다. 부모님께는 그냥 좀 쉬면서 전공을 다시 생각해볼까 한다고만 말해두었다. 괜한 걱정을 끼치기 싫어서 한 거짓말이었다. 그러나 언제까지고 계속 거짓말을 할 수는 없다는 걸 예원과 예나는 잘 알고 있었다.

예나는 감정을 숨기는 무표정한 얼굴로 예원의 겨드랑이 사이에 팔을 넣은 뒤 몸을 번쩍 들어 화장실 변기에 앉혔다. 밑을 닦아주고 손을 씻기고 밥을 떠먹여주었다. 그나마도 먹지 못하고 다시 입 밖으로 튀어나오는 게 대부분이었다. 예나가 바쁜 날에는 예원은 침대에 누워만 있었다. 약을 서른 알로 늘려도 몸은 지금처럼 계속 나빠지기만 할 것 같았다.

"병원 예약 내일 오전에 해뒀어. 진료 받아보고 뭐라도 더 해달라고 하자."

침대에 누워 있던 예원은 눈을 감고서 아무 대답도 하지 않았다. 그런 예원을 잠깐 지켜보다가 예나는 잘 자, 하고선 방문을 닫고 나갔다.

다음 날 아침에 예나가 예원의 방문을 두드렸다. 늦잠을 자는 중이거나 일어나는 걸 힘들어하고 있을 것 같았다. 똑 똑똑, 다시 한번 문을 두드리자 퍽, 하고 뭔가 떨어지는 소리 가 났다. 예나는 벌컥 문을 열고 방으로 들어갔다. 예원이 침 대에서 떨어져 팔다리가 꼬인 채로 입에 거품을 물고 있었다. 눈동자는 뒤집어져 흰자만 보였다.

당황한 예나는 동생을 붙들고 정신 차려보라며 가슴을 두 드렸지만 예원은 반응이 없었다. 순간 예나의 심장이 쿵쿵 세 게 뛰기 시작했다. 머리가 멍해지고 두려움이 몰려왔다. 이대 로 동생을 잃을 수도 있다는 생각이 들었다. 예나는 스스로 정신을 바짝 차려야 한다고 되뇌며 떨리는 손으로 스마트폰 을 켜서 119를 불렀다. 애써 부정하고 싶었던 일이 눈앞에서 펼쳐졌다. 예원이 심각한 병에 걸렸다는 것과 다시 깨어날 수 있을지조차 확신할 수 없다는 걸 인정해야 했다.

예나가 구급차를 불러본 건 처음이었다. 구급대원들은 빠 르게 출동해서 평소에 진료를 보았던 병원까지 예원을 옮겨 주었다. 산소호흡기를 달고 있는 예원의 모습도, 갑자기 닥

친 낯선 상황도, 전부 당황스럽다는 말로는 표현하기 힘들 정도였다.

"어떻게 발견하신 거예요?"

"아… 방에서… 오늘 원래 병원에 오는 날이었어요, 약 받으러."

"어제는 상태가 안 심각했나보죠? 아침까지 몰랐던 걸 보니?"

"네, 어제는 이럴 거라곤 생각도 못했어요. 밥도 같이 먹었는데… 일상생활이 많이 힘들긴 했어도 이럴 줄은…."

"알겠습니다."

예나의 표정이 어두워지자 구급대원은 재빨리 말을 끊고는, 전화기 너머로 알아들을 수 없는 용어가 가득한 말을 주고받았다.

"폐호흡이 멈췄어요."

"네…?"

예나가 되물었지만 구급대원은 다른 말은 없었다. 폐호흡이 멈췄다니, 어떻게 해야 되는 걸까. 이제 예원은 죽게 되는 걸까?

"잠깐만요, 죽는 거 아니죠?"

"숨 못 쉬면 죽을 수도 있는데, 다행히 병원에 빨리 도착했으니까 응급 처치하고 경과를 봐야할 거예요. 다 왔으니까 빨리 내리실게요."

구급대원은 산소호흡기가 예나의 코와 입을 잘 감싸고 있는지 확인한 뒤 침대를 내려 응급실로 달려갔다. 예나도 뒤따랐다.

예나는 지금 이 상황이 이해가 되지 않았다. 갑자기 폐호흡이 멈추다니? 폐가 멈추다니?

간호사 두 명이 달려와 예원을 침대로 옮겼다. 칸막이 커튼을 치고는 "환자분, 환자분!" 하고 계속해서 소리치는 게 들렸다. 예나는 멍해졌다. 동생이 죽을 수도 있는 순간이라니. 이런 건 한 번도 생각해본 적 없는데 어떻게 해야 하지? 막막함과 동시에 눈물이 흘렀다.

"어떡해…."

"보호자세요? 관계가 어떻게 되세요?"

"어떻게 하면 돼요? 살 수 있어요? 지금 죽어요?"

"보호자분 정신 차리세요! 관계가 어떻게 되시냐구요!"

"언니예요."

"친언니세요?"

"네."

"그럼 지금 삽관할 건데 구두 동의해주세요."

"네?"

"입으로 기도 확보해서 인공호흡기 집어넣을 거예요, 호흡이 멈춰서요."

"제가 잘 몰라서…."

"지금 동생분 급한 상황이라 빨리 해주셔야 해요. 혼자서 숨을 못 쉬고 있어요."

"하세요, 하세요! 제발."

간호사는 패닉에 빠진 보호자가 처음은 아닌 듯 능숙하고도 간단하게 그리고 빠르게 상태를 설명했다. 덕분에 환자가 빠르고 정확한 치료를 받을 수 있겠다고 예나는 머리로는 이해하면서도, 한편으론 이런 상황이 익숙하지 않아 공포에 질린 보호자의 두려운 마음을 조금만 더 헤아려줄 수는 없는 걸까 하는, 빠른 처치에는 전혀 도움이 되지 않는 원망이 몰려왔다.

다시 침대 주위로 커튼이 쳐지고 급히 달려온 의사와 간호사들의 바쁜 말소리가 잠깐 들렸다. 곧 기계에서 띠, 띠, 하고 규칙적인 소리가 들려오기 시작했다. 커튼 안에서 안도의 한숨이 한두 번 오고 가더니 의사가 간호사에게 무언가를 지시하고 떠났고, 간호사는 예나에게 상황이 좋지 않다고 했다.

"부모님한테 전화드려야 할 것 같아요."

"상태는 어떤가요?"

"지금 삽관했으니까 호흡은 기계가 대신 해주고 있는 상태예요. 그리고 이거."

간호사는 옷가지가 담긴 비닐봉지를 건넸다. 어느 새 환자복으로 갈아 입혀진 예원이 눈에 들어왔다.

"옷에 오물이 좀 묻었어요. 호흡이 안 되면 그럴 수 있거든요. 중환자실 자리 비는 대로 거기로 가야 하니, 부모님께 바로 연락드리는 게 좋을 것 같네요."

"중환자실…. 네."

예나는 중환자실로 가야 한다는 말을 인생에서 처음 들어 보았다. 어제까지만 해도 밥을 같이 먹었던 동생이 오늘은 갑자기 중환자실에서 24시간 치료를 받아야 한다는 게 믿기지 않았다.

중환자실에 가면, 간다고 해서 살 수 있을까? 치료법도 따로 없다는데, 얼마나 오랫동안 중환자실에 있게 될까?

믿을 수 없는 연락에 바로 서울로 달려온 부모님은 제일 먼저 예나를 원망했다.

"너 이런 일을 우리한테 먼저 안 알리고, 뭐 했어!"

"아니, 예원이가… 엄마 아빠 걱정한다고 연락하지 말래서…."

"그렇다고 진짜 연락을 안 하면 어떡해? 동생이 이렇게 될 때까지, 넌!"

눈물범벅으로 달려온 엄마는 예나의 등을 철썩철썩 때리며 울부짖었다. 아픈 딸의 상태를 이제야 알게 된 것과 아끼던 둘째 딸을 어쩌면 마지막으로 보게 될지 모른다는 절망적인 마음이었다. 첫째와는 다르게 반항 한 번 할 줄 모르고 예쁘게 크던 둘째는 엄마 아빠의 자존심이었다. 억척스럽고 자기의 감정을 잘 표현하기 때문에 어디서든 잘 살 것 같은 첫째와 달리 둘째는 늘 걱정되고 챙겨주고 싶은 존재였다. 성인이 되고서 독립적인 삶을 살게 해주고 싶어 자주 연락하지 않은 것이 이런 결과를 가져왔다니 믿을 수 없었다.

반면 예나는 억울했다. 동생을 낫게 하려고 최선을 다했고 수발까지 해왔는데 이 사태의 원인 제공자 취급을 받는다는 게 말도 안 되지 않는가. 예원이 산소호흡기를 하고 있는 급박한 상황만 아니었다면 예나는 언제나처럼 엄마와 한바탕 소리를 지르며 소란을 피웠겠지만, 지금은 그럴 힘도 남아 있지 않았다. 예나가 지금 할 수 있는 건, 엄마 아빠와 손을 맞잡고서 제발 예원이 깨어나게 해달라고 비는 것뿐이었다.

8

예원의 눈앞으로 왔다 갔다 하는 수많은 사람들이 보였다. 얼굴은 잘 보이지 않았고 시야가 뿌옇게 흐려진 상태로 그림 자가 끊임없이 왼쪽에서 오른쪽으로, 오른쪽에서 왼쪽으로 옮겨 다녔다. 간호사처럼 보이는 어떤 여성이 다가와 손으로 예원의 가슴 쪽을 가볍게 치면서 뭐라고 말을 했지만 잘 들리 지 않았다. 예원은 땅속까지 빨려 들어가는 듯했다. 그 순간 아주 편안하고 따뜻한 기분이 들어서 잠들기 딱 좋은 때라고 생각하고는 눈을 감았다.

"…자분, 환자분!"

고막을 때리는 큰 소리에 예원은 깜짝 놀라 눈을 떴다. 정신을 차리니 약간 거리가 있는 곳에서 예나가 걱정스러운 눈빛으로 누군가와 대화를 나누고 있었다. 예원은 혼란스러웠다. 큰 소리에 눈을 뜨긴 했지만 여전히 침대 바닥으로 꺼지는 듯한 느낌은 그대로였고, 사람들이 왜 자신의 가슴을 두드리며 소리치고 있는지 이해하지 못했다. 예원은 또다시 눈을 감았고 몸에 주렁주렁 달린 기계들은 요란한 소리를 냈다.

눈을 뜨자 까만 바닷속이었다. 깊은 바다가 내는 소리를 들으며 예원은 물속에 잠겨 있었다. 함부로 몸을 움직일 수도 없고 눈을 떴다고 해서 볼 수 있는 것도 없었다. 무슨 이유로 이곳에 도착한 건지도 알 수 없었다. 그저 멈추지 않고 가라앉는 대로 몸을 맡길 뿐이었다. 별다른 저항을 하지도, 하고 싶지도 않았다. 말하자면 엄마의 태 속 같았다. 아무도 넘볼 수 없고 침범할 수 없는, 시끄러운 세상에서 동떨어진 편안한 공간. 무의식의 세계, 바로 그곳이었다.

예원은 그 어둠의 공간 한가운데서 머릿속 필름을 돌렸다. 어른들의 손도 까마득히 올려다보이던 어린 시절에 부모님과 오리배를 타던 기억이 떠올랐다. 가족은 오리배에서 내린 뒤

없어진 물건을 찾는다며 짐 가방에 집중해 미처 예원을 챙기지 못했다. 예원은 가족을 따라가지 않고 난생처음 보는 다른 할아버지의 품에 안겨 콧수염이 신기한 듯 만지작거리다가 헐레벌떡 달려온 엄마의 손에 이끌려 돌아갔다. 예원이 가지고 있는 기억 중 가장 오래된 것이었다. 기억은 마치 오래된 영화처럼 순간순간을 머릿속에서 상영하는 중이었다. 예원의 무의식은 기억하지 못하고 있던 순간들도 끄집어내어 눈앞으로 가져왔다.

가족이 모두 모여 학교 운동회에 참석했다. 엄마는 깻잎과 소고기를 넣은 김밥을 옆구리가 터지도록 크게 싸주었다. 평소에는 자매에게 무뚝뚝하던 아빠도 계주할 때만 되면 내가 왕년에 달리기로 알아줬다, 면서 이를 악물고 달렸고 그 결연한 표정에 엄마와 예나, 예원은 깔깔거리며 뒤로 넘어갔다. 실컷 땀을 흘리고 집에 가서 씻은 뒤 짬뽕, 짜장면 그리고 탕수육을 취향대로 시켜서 옹기종기 모여 앉아 먹었다. 그때 먹은 짜장면이 인생에서 제일 맛있었다. 바다에서의 기억도 있다. 아빠와 함께 제트보트를 타던 기억과 숯불을 피워 삼겹살부터 된장찌개, 라면, 조개구이까지 해 먹었던 어린 날의 기억. 처음 학교에서 1등을 했던 날 부모님의 기쁜 표정과 추웠던 어느 날의 졸업식. 사춘기를 너무 세게 겪어버린 언니의 가소롭고 깜찍한 하룻밤의 짧은 가출. 언니와 쇼핑을 하러 가서 서로 옷을 봐주던 그 백화점의 냄새와 예원이 아끼던 옷을 몰래 입고 나가 얼룩을 묻혀 오는 바람에 일어난 작은 싸움. 그리고 화해한 뒤 먹었던 양념 반 프라이드 반 치킨. 매주 일요일에 의식을 치르듯 사던 복권과 아무도 방해하지 않았던 두 자매의 수다 떠는 시간. 밤하늘에 떠있는 조막만 한 달과 오는 듯 마는 듯 소리 없이 소복하게 쌓이던 눈과 타닥타닥 소리를 내며 타오르던 따뜻한 불길. 의미 없다고 생각했던 지난날들이 존재 자체만으로도 아름다웠다는 것을 왜 이제야 알게 되었을까.

무의식 속에 떠오른 가족들과 친구들의 표정은 행복해 보였다. 분명 다른 누군가가 아니라 소중한 가족이자 친구였던 예원이 함께여서 더 행복했을 것이다. 내가 어떤 사람이건 간에 존재 자체로 아름답다. 예원은 어떤 이가 물질적인 관점에서 본다면 사람의 몸값은 몇천 원쯤 될 거라고 했던 말이 떠올랐다. 그렇다면 물질적이지 않은 관점에서 본다면 사람의 몸값은 얼마일까. 억만금을 가져온다면 소중한 사람들과 바꿀 수 있을까? 예원은 종종 유독 자신에게만 엄격한 잣대를 들이밀며 자기혐오나 연민에 빠지고, 식이 장애를 겪거나 스스로를 학대하는 사람들을 보았다. 또 감당할 수 없는 정신적 괴로움에 몸뿐만 아니라 마음의 병이 생기기도 하는 사람들을 보았다. 어쩌면 평생을 고통 속에서 몸부림쳤을 그들도 사실 모두 기쁘면 웃고 슬프면 울고 좋은 풍경을 보거나 소중한 사람들과 있을 때면 행복해하는, 작지만 아름다운 살아 있는 존재다. 여기에 '있는' 것만으로도 충분히 아름다우며 제 역할을 해내고 있다. 예원이 그토록 찾아다니던 삶의 의미는 '존재' 그 자체였다.

그러나 지금 예원은 아무리 소리치고 발버둥 쳐도 벗어날 수 없는 깊은 바다 한가운데서, 하나의 유기체가 되어 공간을 채울 뿐, 후회 섞인 울음과 신음을 들어주는 이도 찾는 이도 없었다.

9

"간호는 예나가 해야지."

예원을 중환자실로 올려보낸 뒤 정신을 차린 엄마가 말을 꺼내자 아빠도 동시에 예나를 쳐다보았다.

"응?"

예나가 되묻자 엄마가 답했다.

"아빠랑 엄마는 일해야 되잖아. 병원비도 꽤나 나올 테고."

"엄마도 일을 해?"

"너희 다 떠나고 엄마도 전화 받는 일 시작했어. 지금 병원비가 얼마나 들지도 모르는데 무턱대고 그만둘 순 없잖아."

처음부터 예나는 엄마가 말하지 않아도 예원의 간병을 하려고 했다. 묻지도 않고 결정지어 통보하는 말에 다시 한번 주인공의 들러리가 된 기분을 느꼈지만, 예나는 동생 예원을 진심으로 좋아했다. 부모님한테는 말할 수 없는 것들을 털어놓을 수 있고, 무관심해 보여도 정신적으로 의지가 되는 유일한 사람이었다. 정신없이 산만하고 뭐든 열심히 해도 생각만큼 해내지 못하는 예나와는 달리 차분하고 조금만 노력해도 기대 이상으로 해내는 동생이 자랑스러웠다. 사람의 생각은 다 비슷하니까 엄마도 예나가 느끼는 것과 다르지 않았을 것이다. 가끔은 엄마가 먼저 예원에게 뭔가를 묻기도 하고 예원의 선택에 대해서 아무 말도 하지 않고 믿어주는 모습이 그 증거였다. 둘 사이는 엄마의 무한한 신뢰로 인해 단단했지만, 그로 인해 예나는 그 둘 사이에서 조연 혹은 들러리쯤으로 전락해버리고 말았다.

아주 어릴 때는 엄마가 예나와 예원을 차별하고 있다는 걸 느끼지 못했다. 아무래도 예나가 특유의 발랄함으로 어른들에게 예쁨을 많이 받았기 때문이었을 것이다. 그러나 무던하고 차분한 예원이 고등학교 때부터 눈에 띄게 좋은 성적을 받기 시작했고, 그쯤부터 엄마는 예원의 말이면 무조건 맞는다고 편을 들기 시작했다. 예원이 엄마가 그토록 원하던 한국대에 당당하게 합격하고 나자 엄마의 맹신은 더욱 심해졌다. 반면에, 한창 사춘기를 겪다가 간신히 서울 어귀에 있는 대학에 들어간 예나에게는 딱히 신뢰감을 느끼지 못하는 듯했다. 예나는 예원이 조금만 공부해도 남들과는 달리 빨리 흡수하는 걸 알았기 때문에 좋은 대학을 갔다는 사실이 절대적인 성실의 척도가 될 수 없다고 믿었다. 분명 입시를 준비할 땐 예나가 더 성실히 공부했다고 자부했지만 엄마는 성실함, 선함, 옳음, 등 모든 긍정적인 기준이 대학의 순서에 따라 달라진다고 믿었다. 아빠도 내색은 안 했지만 은근히 엄마의 말에 동의했고, 예나가 모진 말을 들을 때마다 방어막이 되어주기는커녕 방관하곤 했다.

그래서인지 예원이 쓰러졌을 때, 예나에게도 일상이 있음에도 불구하고 당연히 간호는 예나가 할 것이라고 정해놓은 듯 통보를 해왔다. 물론 예나도 그러려고 했지만 엄마가 아무렇지도 않게 말하는 걸 보고 있자니 억울하고 화가 치밀었다. 이런 상황에서도 도저히 바뀌지 않는 엄마의 고정관념이 답답했고 똑같은 딸인데도 한 명에게만 이렇게 가혹할 수가 있는가 싶어 외로웠다.

"왜 내가 당연히 해야 해? 나는 학교 안 다녀? 취업반인데, 취업 준비는 어떡하고?"

"예원이 낫고 나서 해도 되잖아. 취업하는 건 그 뒤로 좀 미룰 수도 있잖아."

"그럼 그 공백기 동안 다른 애들은 스펙을 더 쌓을 텐데? 나는 뒤처질 거고."

"그럼 예원이 그냥 이대로 놔둬? 엄마 아빠가 일 안 하면 병원비 누가 낼 건데."

"나도 알지. 내가 할 거야. 근데 왜 나랑 상의도 없이, 미안하다는 말 한마디 없이 통보하듯 말 하냐고."

"그게 중요하니?"

"중요하지."

"그만 좀 해!"

엄마가 벌게진 얼굴로 빽 소리를 내질렀다. 화를 내며 씩씩거리고 있는 엄마의 얼굴은 예나에겐 또 다른 상처였다.

"엄마는 내가 예원이 뒷바라지할 때만 필요하지? 이런 상황에서 적어도 미안하다, 고맙다, 말 한마디 할 수 있잖아. 그런 말도 필요 없다고 생각할 만큼 내가 하찮은 거지?"

"그만하라고 했지. 부모 자식 사이에 미안하다, 고맙다, 말다 하고 사는 사람들이 어딨어? 그리고 이런 상황에 먼저 부모를 위로해주지도 못할망정 어디 꼬박꼬박 말대꾸야!"

"엄마가 나보다 더 어른인데 왜 내가 엄마를 먼저 위로해? 얼마나 놀랐냐, 무서웠냐, 딸한테 그런 말 해주는 게 먼저 아니야? 도대체 왜 나한테는 그렇게 모질게 굴어? 도대체 왜 이런 상황에서도 따뜻한 말 한마디 못 해주는 건데!"

예나도 엄마처럼 소리를 빽 질렀다. 엄마는 순간적으로 오른손을 들어 예나의 뺨을 세게 내리쳤다. 예나는 뺨을 잡고 놀란 표정을 지었으나 정작 때린 사람은 아직도 자기 화를 주체하지 못해 시뻘건 두 눈으로 죽일 듯이 예나를 쳐다보며 숨을 헐떡거렸다. 이 가족에서 자신은 깍두기 같은 존재라는 걸 알고 있었지만, 그 자리에서 벗어나기 위한 몸부림까지 쓸모없을 줄은 전혀 몰랐다. 예나는 지금 이 상황이 현실인가 하는 의심이 들었다. 취업 준비도 포기하고 동생을 간호하려는 언니의 마음이, 많은 걸 내려놓고 소중한 동생을 지키려고 하는 첫째 딸의 마음이 뺨까지 맞을 짓이었는지 어안이 벙벙했다. 예나가 살면서 만나온 많은 사람들은 대부분 자기 가족들 사이에선 들러리가 되어본 적이 없었고 그게 어떤 기분인지 절대 이해하지 못했다. 남자친구인 민규마저 이해하지 못했는데 부모님이 떠받들고 사는 예원이라고 이해해줄까. 그래서 부모님에 대한 고민은 예나가 예원에게 이해받지 못하는 유일한 것이었으며, 이런 고민을 꺼내놓을 때마다 철없는 성인으로 보일 각오를 해야 했다. 예나는 엄마 아빠의 벽에 부딪힐 때면 항상 세상에 혼자 남은 듯한 기분이었다. 혼자서 외롭게 싸워왔던 이 감정은 언제나 나눠줄 사람 없이 예나의 몫이기만 했다. 아무리 노력하고 애를 써도 부모님의 기준에는 늘 미치지 못했다. 그래서였을까, 사랑받을 수 있는 밝은 사람이 되는 건 선택이 아니라 의무였다. 다른 이에게 사랑받기 위해서 치열하게 노력해야 했고, 이제야 조금은 괜찮은 사람이 되었다고 느끼던 중이었다. 엄마가 화를 주체하지 못하고 예나의 뺨을 때린 그제야 예나는 아무리 애를 써도 자신은 부모의 기준에 닿을 수 없다는 것을 깨달았다. 아무리 노력해도 여전히, 예나는 예나일 뿐이었다.

예나는 병원 로비에서 더 이상 얘기할 것도 없다며 뒤돌아서 나가는 엄마와 눈길 한번 주지 않고 떠나는 아빠의 뒷모습을 바라봤다. 큰 소리에 무슨 일인가 하며 귀를 쫑긋 세우던 사람들의 남은 시선은 모두 로비에 홀로 서 있는 외로운

이의 몫이었다.

예나는 그날 밤 뜬금없이 친구에게서 사진 한 장을 받았다. 어떤 커플을 찍은 듯한 사진이었는데 왜 사진을 보냈는지 알 수가 없어서 한참을 들여다보는 와중에 다시 메시지가 왔다.

'민규 맞지?'

메시지를 받은 예나는 심장이 두근거리기 시작했다. 사진 속 여자는 분명히 예나가 아니었기 때문이다. 예나는 그럴 리가 없다고 생각하면서 다시 한번 사진을 자세히 보았다. 사진 속 남자는 예나가 민규에게 선물한 외투와 둘의 커플 신발과 똑같은 신발을 신고 있었다. 얼핏 보기에 민규 같아 보이긴 했지만 설마 민규가 그럴 리 없었다. 민규는 8년간 예나와 함께 해온 제일 친한 친구이자 의지할 수 있는 사람이었다. 성실하고 믿음직스러운 민규를 봐왔기 때문에 예나는 사진 속 인물이 남자친구가 아닐 거라고 믿었다. 그러나 그다음 메시지에 심장이 덜컥 내려앉았다.

'민규 맞네…. 어떡하냐.'

메시지와 함께 보낸 사진에는 카페에서 다른 여자와 손을 잡고 다정해 보이는 민규의 모습이 선명하게 찍혀 있었다. 민을 수가 없어서 사진을 몇 번이고 다시 보다가 떨리는 손으로 민규에게 전화를 걸었다. 몇 번이고 전화를 걸어도 전화를 받지 않았다. 예나는 사진을 보내준 친구인 소라에게 전화를 걸었다.

'어, 예나야.'

"소라야, 이거 민규 진짜 맞아?"

'나도 처음엔 긴가민가했는데, 민규 맞아. 내가 오죽하면 가까이 가서 확인했겠어.'

"민규 닮은 사람 아니고 민규인 거 확실해?"

'나도 민규 한두 번 본 거 아니잖아. 확실하다니까. 근데 너 요즘 왜 안 보여?'

"아, 그게…. 동생이 올해 초부터 일상생활이 힘들만큼 몸이 안 좋아졌거든. 돌봐줄 사람이 없어서 계속 봐주다가 지금은 병원에 입원해서 내가 간병하고 있어. 그래서 민규랑 서로 좀 소홀해지긴 했는데…."

'뭐? 얼마나 아프길래. 와, 김민규 진짜. 너 동생 병간호하고 있는데 저런다고? 어휴…. 내가 다 미안하네….'

예나는 울음을 터트렸다. 사실 소라가 두 번째 사진을 보냈을 때부터 예나는 알고 있었다. 손목에 낀 가죽 시계와 레

이어드한 팔찌, 외투, 맨투맨, 신발까지 전부 예나가 아는 물건들이었다. 그리고 무엇보다도 부정할 수 없이 사진에 찍혀버린 행복한 민규의 얼굴. 아무리 머리를 굴려 민규의 입장을 대변해봐도 변명할 여지가 없었다. 예나는 깜깜하고 텅 빈 보호자 대기실에서 한참 넋을 놓고 앉아 있었다. 가장 믿었던 사람에게 배신당하는 기분은 말로 다 할 수 없었다. 그동안 스스로를 제쳐두고 다른 이를 돌보는 게 일상이 되었어도 견뎌낼 수 있었던 것은 이 시간에 끝이 있고, 그 이후에는 소중한 사람들과 다시 행복한 삶으로 돌아갈 수 있다는 믿음 때문이었다. 그런데 그날 밤, 예나의 믿음이 깨져버린 것이다. 행복했던 지난 8년처럼 예나는 다시 민규에게로 돌아갈 수 없어졌다. 다시 찾아올 일상은 절대로 예전 같을 수 없을 것이다.

10

중환자실에 면회를 오는 사람들은 대부분 생업에 종사하다가도 사랑하는 가족을 보기 위해 하루에 두 번 시간을 내어 모이는 사람들이었다. 그런 공통점 때문에 복도에서 면회 시간이 되길 기다리는 사람들은 서로를 왠지 친근하게 느꼈고 어제 못 오셨던데 무슨 일 있으셨냐 안부를 묻는 일도 다반사였다.

그래서 오후 면회 시간을 기다리는 동안 하나의 엄마인 미자는 옆에 있던 예나에게 묻지도 않은 사적인 이야기를 푸념하듯 늘어놓곤 했다. 보통 때라면 예나는 슬금슬금 자리를 피했겠지만 딸이 의식을 잃고 누워 있는 상황이 가엾게 느껴져 넋두리 같은 말들을 모두 들어주었다.

"그 망할 놈의 새끼가 장기기증에 동의를 한대잖어. 아직 안 죽었는데 말이야. 죽지도 않은 마누라 장기를 남한테 준다고 장모랑 한마디 상의도 없이 동의서에 사인을 하려고 하냐고."

"벌써 사인을 해버리셨대요?"

"안 했지. 내가 찢어버렸거든."

아직도 분해 죽겠다는 표정을 지으며 미자가 말했다.

"아직 치료 가능성이 있는데… 속상하셨겠네요."

"그럼. 분해 죽겠어."

예나는 고개를 끄덕였다. 아무리 다른 사람의 생명을 살리는 고귀한 일이라도, 아직 치료 가능성이 남아 있는 예원이 죽는다고 가정하고 장기 기증을 서약하는 건 너무 끔찍하고 가슴 아픈 일이니까.

예나는 응급실에서 미자와 하나를 본 적이 있었다. 부모님이 서울로 올라오는 동안 응급실에서 예원을 보살피던 예나는 옆자리에 있던 미자가 깔끔하게 차려입은 40대 중반 정도 되어 보이는 남성과 실랑이를 벌이는 것을 보았다. 미자는 처음에는 화를 내다가 울상을 지었다가 남성을 타일렀다. 중년 남성은 대화 내내 귀찮은 기색으로 듣고만 있다가 말이 끝나기도 전에 휙 가버렸다. 그 후 미자는 한숨을 푹푹 쉬더니 예원의 옆자리에 누워 있는 하나에게로 가서 눈물을 뚝뚝 흘렸다. 그때 그런 대화를 나눴구나, 하고 예나는 짐작했다.

미자의 딸 하나의 루게릭병은 빠르게 진행되었다고 한다. 의식 없이 누워만 있는데도 훤칠한 키와 뽀얀 피부가 눈에 띄었다. 아이가 둘 있는데, 첫째는 딸이었고 둘째는 세 살 터울의 아들이었다. 가정주부 치고는 예쁘다는 말을 많이 들었다는데, 원래 직업도 나쁘지 않았다. 승무원으로 근무하다가 사업하는 남자를 만나 시집을 갔다. 예나는 이 모든 얘기를 미자에게서 들었다. 미자는 딸에게 헌신적인 사람이었지만 하나의 남편은 그렇지 못했다. 미자는 예나가 더 이상 대답하지 않자, 옆쪽을 슥 한번 쳐다보더니 혼자서 주절주절 넋두리를 하기 시작했다.

"그놈의 자식은 천벌을 받을 거야. 내가 손주들 때문에도 그렇고 우리 하나 의식 돌아오면 그래도 살아야 되니까 아무 말 안 하는 거지. 집에 부르는 미용사랑 바람난 지가 오래야. 내가 모를 거라고 생각하겠지. 이봐봐, 면회 한 번을 안 오잖

아. 나쁜 놈."

"그런 얘기를 저한테 하셔도 괜찮나요?"

남의 부끄러운 이야기를 들어버려 얼굴이 화끈해진 예나가 화들짝 놀라며 물었다.

"내가 어디에다가 이런 하소연을 하겠어. 미안하지만 좀 들어줘. 나도 그래야 살겠어서 그래. 아가씨는 잘 모르는 사람이니까 어디 가서 소문도 못 낼 거 아니야."

"네…."

예나는 차마 거절하지 못하고 얘기를 들어주었다.

"집 안에 CCTV도 있어. 그놈이 나 집에 들어갈 때부터 달아놨지, 애들 때문이라면서. 참 나. 근데 애들은 핑계야. 내가 뭘 가져가진 않을까 걱정됐던 거지. 하나가 한쪽 팔 못 쓰게 됐을 때부터 내가 거기 들어가서 살림을 했거든."

말을 하는 미자의 눈에는 눈물이 맺혀 있었다. 예나는 안쓰러운 마음이 들었다. 요즘 예원은 의식을 찾아서 종이에 글도 쓰며 의사소통을 하고 있는데, 하나는 언제 일어날 수 있을지 기약이 없었다. 혼자서 눈도 감지 못해서 안구가 바짝 말라버리는 바람에 눈꺼풀에 테이프를 붙여두어야 했다. 미자는 면회시간 내내 그런 하나를 쓰다듬고 주무르며 뚝뚝 흐르는 눈물을 거칠게 닦아냈다. 루게릭이 망쳐놓은 하나의 삶은 엉망진창이었다.

예나는 몇 년 전 친구들과 얼음물을 뒤집어쓰며 웃던 때가 생각났다. 좋은 일이라고 하니 챌린지에 동참했고, 당시에는 그게 환자들을 돕는 거라고 믿었다. 실제로 약이 없는 이 병을 조금이라도 더 알려서 신약 개발을 종용하고, 고통받는 사람들에게 함께하고 있다는 응원과 치료제가 개발될 거라는 희망을 안겨주는 게 현재도 필요한 일이라고 믿지만 예나는 그때 당시 자신의 마음가짐이 부끄러웠다. 그 병이 어떤 병인지 잘 알지도 못하면서 남들이 하니까, 재미있어 보이니까, 라는 이유로 얼음물을 뒤집어쓰고 깔깔 웃던 그 기억을 지우고 싶었다. 시간이 이렇게 흘러 무너져가는 한 사람의 인생을 두 눈으로 목격하고 나서야 그냥 조용히 기부만 하던 이들의 마음이 어떤 거였는지 이해하고 있었다.

하지만 사람은 알다가도 모르겠다고 생각하게 된 건 이런저런 이유로 미자와 대화를 거절하지 못하고 조금 더 개인적인 대화를 나누게 되면서부터다. 오후 면회와 저녁 면회 사이에는 다섯 시간 정도 텀이 있다. 예나는 잠시 집에 들를 때도 있었지만 미자를 알고 난 후부터는 미자와 함께 병원 1층 로비에 있는 카페에서 이야기를 나누며 시간을 보낼 때도 간혹 있었다.

"우리 하나는 경기도에 땅을 사가지구 집을 지었어. 지금 거기 살지. 1층, 2층 합치면 백 평도 더 돼. 거기 쇼핑몰도 아주 크고 살기 좋게 잘돼 있어. 신도시인데 가본 적 있어?"

"아뇨, 전 거의 서울에만 있어서요."

"그런 데도 한번 놀러 가보고 그래. 그래야 어디가 좋은지 알지. 이제 대학 졸업반이면 부동산 같은 것도 관심 있을 때가 됐네."

"아, 네."

"대학 다니면서 알바는 좀 했어?"

"아뇨, 전 그냥 용돈 받아서 지냈어요."

"어이구, 그럼 못 써. 요즘에 용돈만 받고 지내는 대학생이 어디 있어?"

"아, 감사하게도 부모님이 그렇게 하라고 해주셔서…."

"그래도 그럼 안 돼. 우리 하나는 대학 가고 나서는 한 번도 용돈을 타간 적이 없어. 그러면서도 어버이날이나 생일은 꼭꼭 챙기고. 돈 벌어서 엄마 아빠 챙겨주는 효녀였어. 지금도 우리한테 다달이 백 만 원씩 준다니까?"

예나는 '지금'이라는 게 어느 시점을 말하는 건지 궁금했다. 또 가정주부라는 하나가 주는 돈인지 장기 기증에 동의를 했던 그녀의 남편이 주는 돈인지도 궁금했지만 아무것도 되묻지 않았다. 예나는 묻어두었던 복권 당첨금을 예원이 쓰러진 이후로 생각도 못해봤는데, 하나뿐인 딸이 저렇게 쓰러져 있는 상태에서 경기도에 있는 땅이나 집값이 전부 무슨 소용인지. 머릿속에 내가 얼마나 소유하고 있는지가 떠오르기는 하는 건지 이해하기 어려웠다. 언제든지 딸이 다시 일어날 거라는 강한 믿음인 걸까, 아니면 이런 상황에서도 돈 자랑을 하고 싶었던 걸까.

예나는 차라리 예쁘고 가진 것 많던 딸을 그리워하는 엄마의 조금은 어리숙한 표현 방법이라고 믿기로 했다. 당연히 무엇과도 바꿀 수 없는 딸이니까 모든 것을 제쳐두고 그만큼 헌신했겠지. 예나로서는 딸을 위해 눈물을 흘리던 희생적이고 헌신적인 엄마와, 딸이 가진 것과 해준 것을 일일이 나열하며 자랑하는 엄마, 그 두 가지 모습의 괴리감이 당황스럽기도 하고 씁쓸하기도 했다. 그 후로 하나를 위해 마음속으로 기도는 했지만 미자와 다시 시간을 보내는 일은 없었다. 미자

도 그런 예나의 속마음을 눈치챘는지 전처럼 얘기 좀 들어달
라고 보채지 않았다.

11

희영은 입원한 아버지의 면회를 왔다. 희영의 아버지는 최근에 암 수술을 했고, 며칠만 있다가 일반실로 내려갈 거라고 했다. 저녁 면회에서 옆에 서 있던 예나에게 먼저 말을 건 것은 희영이 로비에서 예나와 예나 엄마의 일을 목격한 뒤였다.

"얼굴은 괜찮아요?"

"네? 아… 네."

예나는 들키고 싶지 않은 장면을 들킨 것 같아 부끄러운 마음에 고개를 돌리고서 딴청을 피웠다.

"부모님과 잘 지내기가 참 힘들어요, 그렇죠?"

생전 처음 보는 사람이 건넨 따뜻한 위로에 갑자기 눈물이 나서 대답도 않고 그 자리에서 고개를 푹 숙였다. 희영은 면회 시간을 기다리는 자기 옆에 선 예나가 마치 어린 시절의 자신 같다는 생각을 했다. 꿋꿋이 자기 몫의 짐을 들쳐 메고 있는 것 같아서 무슨 말이라도, 무슨 위로라도 해주고 싶었다. 희영의 삶도 사건의 연속이었다. 어린 시절부터 서로 눈만 마주쳐도 으르렁대는 가족이 있는 집에서 사는 게 쉽지 않았다. 성인이 되어서도 여전히 가족은 서로를 미워했다. 그러나 희영은 지금이라도 가족이라는 이름 아래 서로를 좀 더 사랑할 수는 없는지 묻고 싶었다. 아빠가 평생 알코올 중독에 시달리며 가족들을 괴롭게 했다는 건 명백하지만 그래도 따박따박 생활비를 가져오며 가족을 부양했다는 것 또한 사실이었다. 그것만으로도 가족들의 면회를 받을 자격이 충분하다는 희영과 나머지 가족은 생각이 달랐다.

만호가 췌장암이라는 걸 알기 전 은애는 40년간 매일 밤 술상을 차렸다. 안주를 상 위에 탁 소리를 내면서 올려두고는 휙 뒤돌아섰다.

"망할 영감탱이, 확 그냥 뒈져버렸으면 좋겠어."

텔레비전을 보면서 화면에다가 훈수를 두고 있는 만호가 지긋지긋했다. 20대 중반에 결혼해 여태 같이 살고 있는 사람이지만, 낯짝에 침이라도 퉤 뱉고 싶을 지경이었다. 이제 귀가 잘 들리지 않기 시작한 만호는 은애가 낮은 목소리로 중얼거리면 가까운 거리라도 잘 듣지 못했다. 덕분에 은애는 이제 가까이에서도 몰래 욕지거리를 할 수 있었다.

"소주 한 병 더 가져와."

"…."

"김은애야! 소주 한 병 더 가져와!"

"…웬 정신 나간 놈이랑 결혼해서는 이게 무슨 고생이야, 어휴."

"김은애! 이 할망구야, 빨리 안 가져와?"

알코올 때문에 분노조절 장애까지 생겨버린 것 같은, 아니 애초에 있었던 다혈질 기질이 더 심해진 만호는 삶의 목표라고는 오로지 술 마시기뿐이었다. 은애는 폭력이 시작된 날로부터 매일 남편이 죽어버리길 바랐다. 그 시대의 여느 여자들처럼 자식들이 있으니까, 꼬박꼬박 생활비는 가져오니까, 하는 이유를 그때그때 둘러대며 꾹 참고 살았지만 요즘 들어 이제 이런 삶은 이제 그만 살고 싶었다. 자식들도 다 독립한 지

오래다. 만호 없이 고깃집에 가서 청소하고 주방 일을 해도 이것보다는 덜 힘들 게 분명했다. 희영도 이런 엄마의 마음을 모르는 바는 아니었지만, 못난 부모도 부모이니 이제는 다른 사람들처럼 자식 노릇을 하며 살고 싶었다. 그런 마음이 만호에게는 어떻게 받아들여질지 모르겠으나 은애에게는 소용없는 짓처럼 보였다는 건 틀림없었다.

"엄마, 아빠 모시고 건강 검진 한번 해요."

"됐어, 너희 아빠 아파도 그냥 죽게 놔둬."

"그래도 어떻게 그래…. 내 얼굴 봐서라도 한 번만요."

희영은 어릴 땐 부모를 많이 원망했다. 밖에선 한없이 작은 사람이면서 집에선 왕처럼 군림하는 아빠와 그런 사람과 헤어지지도 못하고 자식들도 긴 세월 동안 똑같이 아픈 삶을 살게 한 엄마를 지독하게도 미워했다. 그러나 희영은 사소한 것에도 죽일 듯이 싸우고 자식들을 그저 화풀이 대상으로만 생각했던 부모님의 모습이 진짜로 가족을 괴롭게 하기 위함이 아니라 부모라는 역할을 맡게 된 두려움을 주체하지 못했기 때문이라는 걸 그녀 또한 자식을 낳고서야 깨달았다. 나이가 들었어도 여전히 나아진 것 하나 없는 사람이 책임질 가족이 생기면서 꾸역꾸역 어른이 되는, 그 당연하면서도 낯선 두

려움 말이다. 희영은 생각보다 그녀의 부모님이 용감했다는 걸 깨달았다. 그 후론 여태 그 마음을 알아주지 못한 것에 대한 미안함에 제대로 된 자식 노릇을 하고 싶었다. 때가 되면 한 번씩 건강 검진을 해주고, 생일을 챙겨주며 가끔 전화로 안부 인사를 전하고, 명절이면 찾아가 아이들을 보여주는 그런 자식 노릇을. 이번 건강 검진은 그 시작과 같았다.

엄마와 아빠는 서로를 끔찍하게 미워하지만 둘은 이미 40년을 살았다. 희영과 민재까지 결혼을 해서 나간 마당에 남은 둘은 서로를 챙겨야 한다고, 적어도 희영은 그렇게 생각했다.

"엄마, 그래도 아빠밖에 없어, 나중엔."

"너희 아빠가 아직도 저렇게 살고 있는데, 너는 그런 말이 나오니?"

"어쩌겠어, 그것마저 엄마의 선택이잖아. 이왕 이렇게 된 거 좀 사이좋게 지내면 좋잖아."

"딸년이라고 하나 있는 게 말도 참 예쁘게 한다. 너희 아빠랑 내가 조금 노력한다고 금방 좋아질 사이면 이렇게까지 되지도 않았어."

희영은 눈을 질끈 감았다.

"어쨌든, 내일 모시러 올게요."

엄마처럼 희영도 모진 말을 하게 될까봐, 할 말을 일방적으로 통보한 뒤 얼른 집을 벗어났다.

다음 날이 되어 예약이 잡혀 있으니 어쩔 수 없다고 계속 설득해도 도통 집을 떠나려고 하지 않는 은애와 만호를 끌고 가다시피 해서 건강 검진을 했고 며칠 후에 들은 두 사람의 건강 검진 결과 중 만호의 것이 좋지 않았다. 보호자분만 먼저 들어오라고 하는 게 불안한 마음을 부추겼다.

"아버님 검진 결과가 좋지 않습니다."

"얼마나요?"

"…췌장암 3기입니다."

"네?"

"췌장암이 이미 꽤 진행이 돼서 수술을 빨리 하셔야 돼요."

"아니… 그게…."

"정말 다행히, 다른 곳으로 전이는 되지 않았지만 수술이 힘든 췌장의 꼬리 쪽에서 암이 발견됐습니다. 사실 췌장암을 수술할 수 있다는 것만으로도 행운이에요. 수술하지 않으면 길어야 5개월 정도밖에 못 살 겁니다."

"그럼 수술하면 무조건 살 수 있나요? 재발 가능성은요?"

"생존율은… 높지 않습니다. 췌장암이란 게 워낙 악명 높은 병이니까요. 수술 후에도 경과를 꾸준히 지켜봐야 하고 재발 가능성도 언제든지 있죠. 확률은 장담할 수 없습니다."

"네… 부모님과 상의해보겠습니다."

만호의 췌장암 소식은 뜻밖이었다. 언제까지고 살아서 엄마를 괴롭힐 것 같았는데, 암이라니. 그것도 악명 높은 췌장암이라니. 희영은 밖에서 기다리던 두 사람에게 조심스레 이 사실을 전했다.

"아빠 췌장암이래요."

"뭐라고?"

만호가 되물었다. 결과가 충격적인 게 아니라 귀가 안 들려서 되물었던 것이었다.

"아빠 암이래요! 수술해야 된대요!"

은애는 허, 하고 짧은 숨을 내뱉었다. 만호는 잠깐 멍한 상태로 있다가 누렇게 변한 눈을 치켜뜨며 다시 물었다.

"돈 많이 드냐?"

희영은 돈 생각을 할 때가 아니라고 온종일 만호를 설득해야 했다. 그녀의 엄마에게 아빠 설득하는 걸 도와달라고 했지만 이미 죽어버리라고 저주까지 하는 사이가 된 마당에 은애가 도울 리 없었다.

"수술 안 받어! 살만큼 살았어."

"아빠, 그래도 그러지 말구요, 네?"

"아, 안 받는다면 안 받는 줄 알어!"

"아빠….."

"언제부터 니가 예쁜 딸 노릇을 했다고 이제 와서 이래? 옛날처럼 그냥 없는 사람 취급하지그래!"

만호는 사람의 가슴에 비수를 꽂는 재주가 있었다. 희영은 결국 동생인 민재에게 전화를 걸었다.

"민재야, 아빠 수술하라고 좀 설득해야겠다."

"누나, 내가 왜 그래야 돼?"

이미 은애에게 전화를 받은 듯한 말투였다.

"그래도 아빠잖아."

"나 그 말 지긋지긋해. 그래도 아빠잖아, 그래도 부모잖아, 이런 말. 남들은 우리가 어떤 고통을 받고 살았는지 모르잖아."

"그래도 그러지 마. 부모님 없으면 우리도 없었어."

"갑자기 성자가 됐어? 제일 앞장서서 아빠 미워하던 사람 어디 갔어?"

"그건 다 어릴 때 일이고."

"어릴 때부터 지금까지 이어진 일이지."

"민재야."

"누나, 엄마 고통받는 건 생각 안 해? 어쩌면 이게 기회야."

"너 미쳤어? 이게 무슨 기회라는 거야."

"그렇잖아. 엄마는 아직도 아빠 술상을 차려. 아빠가 술에 거하게 취해서 소주병을 깨면 나중에 파편을 밟아서 치료받는 건 꼭 엄마라고. 며칠 전에 엄마 팔뚝이랑 허벅지에 멍든 건 봤어?"

"뭐?"

"거 봐, 누나는 부모를 그렇게나 챙기는 척하면서도 정작 엄마가 아픈 건 모르잖아. 아니, 관심이 없는 건가? 나도 이제 돈 문제나 부모님 싸움 문제로 전화 받는 거 지긋지긋해."

"…그래. 미안하다. 갑자기 미운 마음을 정리하는 것도 쉽지 않을 텐데. 내가 너무 내 생각만 한 것 같네…."

"…싸가지 없는 놈이라고 생각해도 어쩔 수 없어."

"그렇게 생각 안 해. 그러니까 너도 나 위선자라고 생각하지는 마. 어쨌든 난 진심이야."

"그렇게 생각 안 해."

"그래…. 고마워."

"알았어."

짧은 통화를 끝내고 희영은 한숨을 푹 쉬었다. 아빠를 살리려는 자신의 노력이 마치 위선처럼 느껴졌다. 동생인 민재에게 위선자라고 생각하지 말아달라고 부탁한 것도, 그렇게 앞장서서 부모를 싫어했으면서 이제는 아빠를 살려보려고 애쓰는 게 스스로가 위선자처럼 느껴졌기 때문이었다.

만호는 언제나 민재의 말을 안 듣는 척해도 아들의 말이라면 무시하지는 못했다. 민재는 희영의 노력이 안쓰러웠는지 아니면 자식 된 죄책감이었는지 못 이기는 척 만호에게 전화해 수술을 받으라고 했다. 은애는 끝까지 수술을 말렸지만 만호는 수술을 받기로 결정했고 제일 빠른 날짜로 수술을 잡았다. 은애는 만호가 무서워한다고 했다. 자다가도 벌떡 일어나 술을 마시고 혼자 구석에서 울기도 하는 걸 보았다고 했다. 은애는 희영에게 "니 아빠가 죽을 때가 되니 별 지랄을 다 한다."고 말했지만 그녀 역시 표정이 좋지 않은 건 마찬가지였다. 40년이 넘는 세월 동안 쌓아온 건 증오만은 아니었기 때문일까.

만호의 수술은 다행히 별일 없이 끝났다. 은애는 만호가 죽지도 않고 끈질기게 살았다고 무릎을 쳤다. 희영은 아주 잠깐 자신이 잘못한 것인지를 고민해야 했다. 그러나 희영은 아빠를 살렸다는 것에만 의미를 두기로 했다.

"김은애야! 물 떠 와!"

"김! 은애야! 빨리 물 떠 와!"

"김은애! 이 미친 할망구야! 느려터진 여편네야!"

"김은애, 이 쌍년아! 물 안 가져와?"

만호는 수술 후 무의식에 취해 거친 말을 쏟아냈다. 그 말들은 전부 은애를 향한 것이었다. 고함은 중환자실 밖 복도에 쩌렁쩌렁 울려 퍼져, 면회를 기다리던 사람들이 김은애가 누구냐며 숙덕거리기 시작했다.

"저런 꼴이 보고 싶었니?"

은애가 희영에게 물었다.

"엄마…."

"너희 아빠라는 사람이 저렇게 형편없는 줄 아직도 몰라?"

"엄마, 미안해…."

"너 정말 미안해야 돼."

은애는 말을 마치고는 몸을 돌려 사라졌다. 희영의 사과는 아빠를 살린 게 미안하단 뜻은 아니었다. 아빠가 무의식에 취해서까지 엄마에게 욕설을 할 줄은 꿈에도 몰랐기에, 싫다던 그녀를 억지로 끌고 와 면회하는 사람들 사이에서 남편에게 홀대받던 지난날을 들키게 한 것에 대한 사과였다.

며칠 뒤 만호는 최악의 남편으로 생을 마감했다. 수술 후 별문제 없어 보였는데, 위험한 수술이었던 만큼 늦은 밤 심장이 갑자기 멈추며 사망을 선고받았다. 은애와 민재는 허무한 마음에, 희영은 아빠에게 삶을 마감할 시간을 주지 않고 저 마음 편하자고 빨리 수술하기를 몰아붙였다는 자책감에 시달렸다. 잠깐이라도 평범한 가족으로 살고자 했던 노력은 순식간에 물거품이 되었고 다시 시도해볼 수조차 없게 끝나버렸다. 은애는 텅 빈 눈으로 "이러려고 그렇게 모질게 살았나."라는 말만 중얼거렸다.

예나는 그날 오후 면회 중에 사람 형상 위에 하얀 천을 뒤

집어씌운 침대 하나가 중환자실을 나가는 모습을 보았다. 그 후로 다시는 희영을 볼 수 없었다.

12

예원은 쓰러지고 난 뒤 중환자실에서 3일을 보내고 나서
야 의식을 되찾았다. 지옥을 갔다 온 가족들의 마음을 알지
도 못하고, 예원은 눈을 뜬 직후에는 중환자실도 나름대로 평
화롭다고 생각했다. 그러나 곧바로 그런 생각을 한 걸 후회
했다. 아직도 그녀의 호흡이 안정되지 않아서 간호사들은 시
간마다 예원의 상태를 체크해야 했다. 가끔 정신을 잃었다가
돌아오기도 했다. 정신을 차릴 때면 간간이 수간호사로 보이
는 나이 많은 중년 여성이 어려 보이는 간호사를 혼내는 소리
가 들렸고 의사들이 간호사에게 지시하는 소리, 기계 돌아가

는 소리, 가끔 옆에 있는 환자가 내는 잠꼬대 비슷한 소리가 들렸다.

예원의 침대에는 예나와 부모님이 번갈아 찾아왔고 다른 이들의 침대에도 비슷하게 가족들이 찾아와 손발을 마사지하거나 누워 있는 환자의 몸을 수건으로 연신 닦아댔다. 목사님을 데리고 와 성경책을 아픈 부위에 얹으며 큰 소리로 기도하는 사람들도 있었다. 예원은 말없이 발을 닦아주는 예나를 보면서 미안하기도 했지만 예전에 느끼지 못한 부러움도 느꼈다. 스스로 호흡하고 칼로리를 소비하며 몸을 움직이고 말을 하고 눈을 깜빡이는 것 전부.

다시 예전처럼 일상적인 생활을 하기 위해서는 재활 훈련하듯이 자가 호흡을 연습하라는 게 주치의의 의학적 권고였다. 기계 호흡과 자가 호흡을 섞는 것이 첫걸음이었다. 폐 근육이 움직이지 않아 호흡을 하지 못하는 예원이 약물 치료와 스스로 호흡하는 연습을 병행하면서 재활을 하면 나머지 근육들도 재활의 가능성이 있었기 때문이다. 수술을 하지 않고 약물 치료만으로 회복이 가능하게 하는 게 최선이라는 데 가족들도 모두 동의했다. 다만, 폐 근육의 재활 치료라는 게 숨쉬기를 계속 연습하는 것 말고는 다른 방법이 없었기 때문에 과정이 많이 힘들다는 건 예원이 감당해야 하는 문제였다. 인공호흡기를 자가 호흡 모드로 돌렸다가 호흡이 되지 않아 패닉 상태에 빠지는 날이면 간호사들은 다시 기계 호흡 모드로 스위치를 바꾸었다. 중환자실 간호사들은 힘내라며 의식이 있는 유일한 환자를 매일 격려했지만, 응원이 무색하게도 예원은 기대했다가 다시 실망하고, 기대했다가 다시 실망하기를 반복하면서 점점 지쳐갔다. 자가 호흡이 지속 가능한 건 겨우 한두 시간 내외였고 운이 나쁜 날은 겨우 30분 내외였다.

"3일만 더 연습해보고, 인공호흡기 떼볼 거예요."

아침 회진을 돌던 주치의가 예원의 자리로 와서 말했다. 간호사들은 비장한 표정을 지었고 예원은 눈을 동그랗게 떴다. 피곤한 표정의 주치의는 그 말만 남기고 뒤돌아 나갔다. 뒤이어 면회를 온 예나에게 간호사들이 주치의의 전달 사항을 알려주었고 예나는 걱정스런 표정으로 예원의 침대 앞에 섰다.

"호흡기 뗀다는 거 들었어?"

예원은 고개를 끄덕였다. 예나는 걱정스러운 눈빛을 보냈다. 예원을 위해 간호사들이 가져다둔 종이와 펜으로, 예나의 눈빛의 의미를 알아챈 예원이 글씨를 쓰기 시작했다. 힘 빠진 손 때문에 글씨는 떨리고 여기저기 뻗쳐 알아보기 힘들었다.

'괜찮아. 해보면 되지.'

"자가 호흡 연습해본 건 어때?"

'힘들어. 짧게 가능.'

예나는 무의식적으로 한숨을 팍 내쉬었다. 기계의 힘을 빌려서도 숨쉬기가 힘든데 이제 곧 인공호흡기를 뗄 거라니. 병원에서는 연습할 시간을 3일이나 주는 것처럼 말했지만 3일 안에 할 수 있는 건 아무것도 없어 보였다. 엄마 아빠는 호흡기를 뗀다는 말을 듣더니 휴가를 내고서라도 병원에 오겠다고 했지만 예나는 실패할 수도 있으니 경과를 지켜보다가 성공하면 오라고 두 사람을 달랬다. 예원도 괜찮은 척했지만 걱정이 되긴 마찬가지였다.

그녀는 인간의 기본적인 기능이라고 생각했던 숨쉬기가 이렇게 어려운 일이었다는 것에 새삼 놀랐다. 그리고 호흡이 돌아오기를, 다시 삶을 살아갈 수 있기를 간절히 바라는 자신의 모습이 낯설었다. 돌아보니 병을 앓기 전까지 그녀의 모습은 오만하기 짝이 없었다. 예원은 예전의 자신이 부끄러웠다. 숨 쉬는 것도, 걸어 다니는 것도, 공부할 수 있는 것도, 생각해

보면 모든 게 다 기적 같은 일이었다. 그녀의 주위를 둘러싼 모든 것이 아름다움이었다. 그토록 찾아 헤매던 삶의 의미는 그저 살아 있음으로 인해 이미 완성된 것이었다. 인간이 어리석다는 건 알고 있었지만 겪어봐야만 겸손해지는 본능이 딱히 우쭐대며 산 것 같지도 않았던 예원에게도 내재되어 있었다. 병 앞에서 예원도 하나의 인간일 뿐 그 이상도 그 이하도 아니었다.

예원은 3일간 호흡기 스위치를 껐다 켰다 하며 기절하기 직전까지 숨쉬기를 연습했지만 호흡기를 떼야 하는 날 아침까지도 자신이 없었다.

"준비됐죠?"

퀭한 눈으로 찾아온 주치의는 간호사들에게 빼주세요, 말하며 손짓을 했다.

"자, 호흡기 떼는 동시에 기침 해야 됩니다. 목에 있는 이물질을 스스로 뱉을 수 있어야 호흡기를 완전히 뺄 수 있어요. 떼는 순간, 기침."

주치의는 간단한 단어로 설명을 반복했다. 설명이 끝나자 간호사들은 바로 호흡기를 뺐고 처음 한두 번은 할 만하다고 느꼈다. 기침을 하기 위해 노력하면서 숨을 쉬는 게 어렵긴 했지만 당장 죽을 것 같은 정도는 아니었다. 예원은 죽이 되든 밥이 되든 참아보기로 했다. 중환자실에 올라와서 계속 호흡을 연습하는 동안 폐 근육이 조금은 재활이 되었는지, 서투르지만 자가 호흡이 가능한 것 같았다. 예원의 가쁜 숨을 확인한 주치의는 고개를 딱 한 번 끄덕거리고는 간호사들에게 환자 상태를 계속 살펴보라고 한 뒤 자리를 비웠다.

인공호흡기를 제거하고 나자 호흡보다도 기침하기가 어려웠기 때문에 입안에 기도를 확보해주는 기구를 끼운 후 그 공간으로 '카테터'라는 장비를 넣어 석션으로 이물질을 뽑아내야 했다. 굵은 기구가 목 깊숙한 곳을 자극해 관으로 넣은 유동식이 몽땅 입으로 나와버릴 것 같은 구역감이 들었다. 예원은 고통스러움에 몸부림을 쳤다. 오늘 하루를 버티면 주치의 선생님께 승인을 받고, 일반실에 갈 수 있을 거라고 스스로를 다독거리며 이를 악물고 버텼다. 예원은 조금이라도 숨쉬기 편하도록 침대를 세워 앉고, 틈날 때마다 석션을 해달라고 간호사들을 불러 세웠다. 고통스러웠지만 심장이 뛰는 시체로 있는 느낌이 더 고통스러웠기 때문이다.

예원은 온몸에 식은땀을 흘리면서 눈물, 콧물, 침까지 흘렸다. 강한 의지는 꼬박 하룻밤을 호흡기 없이 버티게 해주었다. 그러나 아침 해가 떠오르면서 의지와는 상관없이 점점 숨이 가빠졌고 석션의 빈도가 잦아졌다. 시력을 잃은 듯 눈앞이 깜깜해졌다.

얼마나 시간이 지났는지 모르겠지만 눈을 뜨니 다시 인공호흡기가 달려 있었다. 간호사들은 지나가며 위로의 말을 전했고, 일반실에 갈 거라는 계획도 무산되었다. 노력했는데 실패하면 많이 아쉬울 것 같다는 원래의 생각과는 다르게 막상 현실이 되니 담담했다. 아니, 혼이 나간 것 같다고 표현해야 할까. 예나는 간호사들에게 소식을 전해 들었다. 면회를 와서는 괜찮으니 천천히 하자는 말 외에 다른 말은 하지 않고 열심히 예원의 다리만 주물렀다. 부모님에게는 조금 더 기다려야겠다는 소식을 알렸다.

며칠간 너무 지쳐버린 예원은 어느새 스르르 잠이 들었다. 꿈에서 예원의 팔에 젤리가 붙어 있었다. 예원이 제일 좋아하는 파인애플 맛이었다. 오랫동안 '맛'을 느끼지 못한 터라 너무 먹어보고 싶었지만 팔에 진득하게 붙어 잘 떨어지지가 않았다. 꼭 먹고 싶어서 더 세게, 더 세게 잡아당겼다. 예원이 문득 잠에서 깨어보니 팔의 주사 자리에 붙어 있는 테이프를 잡아당기고 있었다. 예원은 힘이 잘 들어가지 않아 떨리는 손으로 테이프를 얼른 다시 붙여놓았다. 지난번에 주사를 떼어버리겠다며 난동을 피우던 환자가 어떤 식으로 손발이 묶이는지 보았기 때문이다. 아무 일도 없었던 척을 하고서는 꿈속에 나왔던 파인애플 맛 젤리가 너무 먹고 싶다고 생각하던 중이었는데, 갑자기 예원의 몸이 벌벌 떨렸다. 열이 나고 호흡이 가빠졌다. 급하게 달려온 주치의는 폐렴 증상이 있다며 CT를 찍어보자고 했고 아니나 다를까 이겨내야 할 병명에 폐렴도 추가되었다. 몸이 덜덜 떨리는데도 펄펄 끓는 열을 내리기 위해서 아이스팩 두 개를 옆구리에 끼고 있어야 했다. 예원은 눈을 깜빡일 때마다 시야가 흐릿해지는 것을 느꼈다. 몸이 붕 뜨는 듯한 느낌을 받으며 시야가 완전히 까맣게 변하는 순간, 엄청난 크기로 울리는 기계음에 깜짝 놀라 예원이 눈을 떴고 간호사들이 달려왔다. 원래의 삶으로 돌아가기 위한 첫 번째 싸움은 예원의 깔끔한 패배로 끝이 났다.

13

은지는 예원의 폐렴이 다 나아갈 때쯤 들어온 환자였다. 상태는 그리 위급해 보이진 않았으나 집중 감시가 필요한 환자라서 중환자실에 입원한 듯했다. 그녀는 약물 기운 때문인지 약간 멍한 상태로 보였다. 담당 간호사는 그녀의 손목에 있는 큰 상처 하나와 작은 상처 여러 개를 돌보는 중이었다.

"소란 피우면 신체 억제대를 할 수도 있어요. 그러니까 조용히 치료받고 앞으로 다시는 그러지 마요."

은지는 걱정하는 건지 혼내는 건지 의도를 모르겠다는 표정으로 간호사를 바라보며 긍정도 부정도 아닌 것 같은 애매한 표정을 지었다. 간호사는 들고 있던 붕대를 탁 내려놓으며 물었다.

"왜 그랬어요?"

은지는 기억을 감추고 싶은 듯 시선을 돌렸지만 눈앞에는 이미 몇 시간 전의 기억이 선명했다.

"제발, 제발 가지 마. 제발. 이렇게 빌게."

은지는 손이 발이 되도록 빌었다. 무릎은 이미 차가운 바닥에 꿇은 상태였고 얼굴에는 눈물이 흘러 공들여 한 화장이 엉망이 되었다. 형욱은 사람들이 심심찮게 오가는 거리에서 니가 내 인생의 전부라느니, 너 없으면 죽어버릴 거라느니, 큰 소리로 떠들어대는 극단적인 성격의 은지를 감당하기 버거웠다.

은지와 연애를 시작한 건, 예쁜 외모 때문만은 아니었다. 낯을 가리던 모습이 청순해 보였고, 처음의 설렘이 은지의 집착하는 성격을 애교 많은 성격으로 오해하게 했다. 하지만 시간이 지날수록 그녀의 민낯이 점점 드러났다. 연애 기간은 짧았지만 그동안 해왔던 어떤 연애보다 진절머리 나고 소름 끼쳤다. 휴대폰 검사를 하거나 집에 불시에 찾아오는 것까지는 백 번 양보해서 그럴 수 있다고 쳐도, 직장에까지 찾아와 친하게 지내던 여직원 한 명의 머리채를 잡아챈 건 선을 넘어도 훌쩍 넘은 짓이었다. 사귄 지 6개월밖에 되지 않았는데 이 정도 수준의 집착이라면 시간이 지날수록 은지는 형욱에게 독이 되면 됐지 나아지지는 않을 게 뻔했다. 은지와 계속 만남을 이어간다면 도대체 이런 일이 얼마나 더 많이 생길지 상상도 되지 않았다. 머리채를 쥐어뜯긴 여직원은 처음엔 화를 내며 고소하겠다고 했지만 형욱의 계속된 설득과 사과에 결국 은지를 용서해주었다. 그래도 분이 안 풀렸던 건지 "대리님, 그렇게 안 봤는데 진짜 이상한 여자 만나고 다니시네요."라는 말을 덧붙였다. 이제 직장 내에서 형욱에 대한 소문이 어떻게 날지 안 봐도 뻔한 일이었다. 어쩌면 이직을 준비해야 하는 상황까지 올지 모른다. 조금이라도 더 엮이기 전에 빨리 정리하는 게 답이었다. 꼬박 하루 동안 이 여자를 어떻게 하면 깨끗이 떼어낼 수 있을까 고민했다. 연애의 추억이고 나발이고 이미 잊어버린 지 오래였다.

"야, 너 이러면 더 추잡하고 징그러운 거 알고 있지? 우리가 뭐 그렇게 딱히 좋은 추억이 있냐, 뭐가 있냐? 길게 연애한 것도 아니잖아? 그냥 좀 깨끗이 정리하자, 응?"

"안 된다고…. 너, 너 내가 예전에 쓰레기 짓 했어도 괜찮다고 해준 사람이잖아. 너 없으면 난 아무한테도 사랑받을 수 없어. 안 돼! 못 헤어져!"

은지는 악을 썼다.

"예전에 그랬어도 괜찮다고 한 거지, 지금도 그럴 거라곤 안 했잖아. 이 정도면 너 사기 수준이야. 진짜 예전 경찰서 들락거리던 기억 다시 떠오르기 싫으면 그만하자. 집도 이사할 거고 직장에 다시 찾아오면 바로 고소해버린다."

형욱은 약간의 협박을 곁들여주고는 뒤돌아섰다. 은지는 길거리에 주저앉아 있다가 가게 쓰레기 버리는 곳에 깨져 있는 큰 소주병 조각을 발견했다.

"나 죽어버릴 거야!"

큰 소리로 외치고는 왼쪽 손목을 두세 번 그었다. 그러자 형욱이 살짝 뒤를 돌아보며 반응을 보였다. 진짜 미친 사람이라는 걸 경험했기 때문에 설마설마 하면서도 불안한 마음에 무의식적으로 한 행동이었다. 은지는 형욱이 반응을 보이자 '이거다!'하고 생각했다. 다시 힘을 주어 손목을 쭉 그었다. 지나가는 사람들이 소리를 질렀고 "미친 거 아니야?" 하는 소리도 간간이 들렸지만 은지는 앞만 보는 야생마처럼 오로지 형욱밖에 보지 않았다. 그러나 형욱은 은지에게 다가오지 않았다. 혐오스러운 눈빛으로 바라보며 119에 전화를 걸 뿐이었다. 결국 그도 다른 남자들과 다를 바 없이 은지를 혐오하게 되었다는 걸 깨닫자 마음속에서 무언가 뚝 끊어지는 것 같았다. 은지가 어떤 사람이든지 간에 그 모습 그대로 사랑해줄 남자는 정말 이 세상에 존재하지 않는 걸까. 애정을 잃어버린 삶은 은지에게는 지옥과도 같았다.

어린 시절부터 고아로 성장해야 했던 그녀는 사람이 주는 사랑에 늘 목말랐다. 결핍된 사랑이 잘못된 집착으로 변하고 있다는 것도 알았지만 은지 스스로 헤쳐 나갈 수 있을 만큼 쉬운 문제가 아니었다. 항상 불안한 마음을 달랠 수 있도록 집착할 사람이 필요했다. 그러니까 미치지 않고 살려면 남자에게 집착하는 방법밖에는 몰랐다는 소리다.

은지는 형욱과의 짧은 연애가 끝났다는 것을 알고 세상이 무너져 내리는 기분이었다. 짐승 같은 소리를 내면서 손에 들고 있던 소주병을 마구 휘둘렀다. 마지막까지 형욱에게 밑바닥을 보여주며 그녀의 n번째 연애가 끝났다.

구급대원은 응급실에 제압 과정을 상세히 전달했고 이 내용은 중환자실에도 전달되었다. 제압할 때 꽤나 힘이 들었던 것치고, 병원에 도착해서는 힘이 빠졌는지 연신 끅끅 대며 울기만 할 뿐 별다른 저항을 하지는 않았다. 덕분에 중환자실에 올라와서는 신체 억제대를 풀 수 있었던 것이다. 간호사는 다시 말을 걸었다.

"절대 하면 안 되는 짓인 건 알고 있죠?"

은지는 여전히 입을 꾹 다문 채 간호사의 명찰을 잠깐 쳐다봤다. '아람', 예쁜 얼굴만큼 예쁜 이름이었다. 은지는 번듯한 직업도 있고 정신도 멀쩡해 보이는 그 간호사에게 열등감을 느끼며 고개를 반대 방향으로 홱 돌렸다.

"나도 그런 적이 있어서 그래요."

시선을 떨어뜨리며 아람이 말하자 그 말은 전혀 예상하지 못했다는 듯 은지가 반응을 보였다. 남자한테 집착하는 건 쓰레기처럼 살아온 자신과 비슷한 사람만이 하는 짓인 줄 알았는데, 자기와는 다른 세상에 사는 것 같아 보이는 이 사람도 같은 경험이 있다는 게 적잖이 충격이었다. 은지는 입을 뗐다.

"고아예요?"

"아뇨."

"부모님 이혼했어요?"

"아뇨."

"버림받은 기억 있어요?"

"아뇨."

"그럼 왜 그래요, 그냥 정신이 그렇게 태어난 건가."

무례한 말투에 아람은 약간 미간을 찌푸렸지만 바로 대답했다.

"그렇게 태어나는 사람이 어디 있어요. 살다보면 그런 일도 있을 수 있는 거지. 드라마보다 더 드라마 같은 게 현실인데."

"지금 그럼 남자친구 사귀고 있어요?"

"아뇨, 지금은 혼자예요. 전 극복했거든요."

"극복했다고요?"

"네, 평생 혼자 살겠다는 건 아니지만, 남자한테 집착하는 걸 극복했다고요."

"어떻게요?"

"하루하루 열심히 살고 다른 사람보다 나를 사랑하기 시작하면서 저절로 극복했어요."

"그러니까 그건 어떻게 하는 건데요?"

아람은 진지한 눈빛으로 은지를 쳐다보면서, 말뜻을 제대로 알아듣기를 바라며 또박또박 천천히 말했다.

"그냥 따뜻한 물로 기분 좋게 샤워하고 자기 전에 아로마 오일로 셀프 마사지도 하고요. 피부 관리도 하고 나한테 맛있는 밥도 차려주고 월급날엔 비싼 것도 사 먹고요. 뭐 실수하면 괜찮다고 말해주고, 그런 거죠. 본인한테 스스로 엄마가 되는 거예요."

"겨우 그런 걸 한다고 평생 해왔던 게 고쳐져요?"

"노력해야죠. 처음엔 많이 힘들 거예요. 이런 게 다 무슨 소용이냐고 느껴지기도 하고, 바보짓 같기도 하고, 관종짓 같아서 오글거리기도 해요. 그래도 계속해야 해요. 나를 귀하게 대접하다보면 진짜 귀한 사람처럼 느껴져서 더 이상 스스로를 함부로 하지 않게 돼요. 나를 사랑해주지 않는 사람에게 더 이상 집착할 필요성도 못 느끼게 되고요."

아람은 소독을 위해 꺼내둔 기구들을 탁탁 소리를 내며 정리하면서 말했다. 아람은 남자 때문에 자기 손목까지 그어버린 환자를 걱정하는 것 같으면서도 어쩐지 무심한 얼굴이었다. 은지는 아람의 말을 듣고 생각에 잠겼고 아람은 별다른 말없이 자리를 옮겼다. 종종 사람들은 자신을 둘러싼 세상이 단단하고 두꺼워서 스스로의 작은 노력만으로는 절대 그 벽을 깰 수 없을 거라고 생각하지만, 알을 깨고 나오는 병아리들처럼 깨질 것 같지 않은 알껍데기를 깨고서야 비로소 하나의 온전한 생명으로 활동을 시작할 수 있다. 간단하고 당연한 것 같아 보여도 막상 주변을 둘러보면 아직도 알껍데기에 갇혀 죽어가고 있는 사람과 깨기 위해 노력하고 있는 사람, 그리고 이미 깨고 나와 세상을 살고 있는 사람들도 있다. 은지가 어떤 선택을 하게 될지는 온전히 그녀의 몫이었다.

예원은 새벽 시간대에 간호사들이 수근대며 은지 이야기를 하는 걸 들었다. 몰래 듣고 싶었던 건 아니지만 정신이 온전한 탓에 아람과 은지가 나누던 은밀한 대화도 엿들었다. 은지의 연애에 비하면 예원이 봐온 예나의 연애는 건강함 그 자체였다. 생각해보면 예나는 스스로를 귀하게 대접하는 데 일가견이 있었다. 끼니를 대충 때우기 위한 음식이 싫어 시간이 걸려도 맛있는 음식을 직접 요리하고 예쁘게 플레이팅해서 제일 좋아하는 그릇과 포크와 나이프를 꺼내 식탁에서 먹었다. 화장대에는 화장품과 마사지기가 용도별로 진열되어 있었고 자기 전에 스트레칭과 마사지를 한 시간씩 하곤 했다.

자기 전에 내일 입고 나갈 옷을 고르며 예원에게 어떠냐고 묻
거나 콘셉트를 설명하기도 했다. 당시에는 유난스럽다고 생
각했지만, 비만의 치료법이 건강한 식습관과 규칙적인 운동
인 것처럼 예나의 행동은 낮은 자존감과 불안정한 정신 상태
의 치료법이었는지도 모른다. 예원은 퇴원하고 나면 내내 먹
고 싶었던 오일 파스타를 직접 요리해서 예나가 했던 것처럼
예쁜 그릇에 담아 먹어봐야겠다고 다짐했다.

14

구강으로 끼워둔 인공호흡기는 환자의 기도에 무리가 갈 뿐 아니라 예원처럼 정신이 멀쩡한 사람에게는 하루 종일 주먹을 입에 물고 있는 듯한 고문에 가까웠다. 더군다나 자가 호흡에 실패하고 호흡기를 뺐다 끼웠다 하면서 폐렴까지 앓았던 것과 성대 괴사가 진행되거나 세균감염이 될 가능성 등을 종합하여 의료진이 기관 절개를 의논하기 시작했다. 예원은 그 전날 대각선에 있는 환자 한 명이 기관 절개하는 모습을 보았다. 보고 싶어서 본 건 아니고 칸막이 커튼이 살짝 열려 있는 통에 자연스럽게 보게 되었다. 저것만은 하고 싶지 않다고 생각했는데 바로 다음 날 선택의 여지도 없이 예원이 기관 절개를 하게 된 것이다.

흉터는 오랫동안 예원의 몸에 남을 테다. 누군가는 생존을 위해 싸운 영광의 상처라고 할 것이고 누군가는 아직 어린 나이에 보기 싫은 흉을 가졌다고 할 것이다. 예원의 자가 호흡이 정상적으로 돌아만 와준다면 기관 절개는 필요 없었을 테지만 스스로 병을 이겨낼 수 있는 지점은 이미 지났다고 병원에서는 판단한 모양이었다. 아직 스물한 살밖에 안 된 어린 환자에게 흉터를 남기지 않기 위해서 병원에서도 애써줬지만 여기까지 온 이상 다른 방법이 없었다. 그리고 기관 절개와 더불어 흉선 제거 수술도 하기로 했다. 수술을 미뤘던 건 약물 치료의 가능성을 보기 위해서였는데 깔끔하게 실패했으니 더 미룰 이유도 없었다. 수술을 해도 병이 완전히 나을 거라는 보장은 없었지만, 수술을 하지 않으면 다시는 혼자서 숨을 쉴 수 없었기에 꼭 해야만 했다.

머리가 희끗한 흉부외과 교수는 예나와 부모님에게 사진을 보여주며 수술 과정을 상세히 설명했다.

"뭐 궁금하신 부분 있으신가요?"

나긋한 말투로 교수가 묻자, 예나가 얼른 질문을 했다.

"수술만 하면 이제 다시 괜찮아지는 거죠? 얼마나 지나야 일상생활이 가능한가요? 일반실에는 언제 갈 수 있어요?"

부릅뜬 눈으로 예나는 궁금했던 질문들을 쏟아냈지만 질문을 하라고 했던 교수는 제대로 된 대답을 내놓지 않고 "경과를 봐야겠지요." 하는 애매한 대답만 계속 내놓았다. 당연하게도 아무것도 확답받지 못한 채 예원은 수술을 받으러 들어가야 했다. 다시 숨을 쉴 수 있을지, 일상생활로 돌아갈 수 있을지, 상담실을 터덜터덜 걸어 나오는 세 사람의 걸음에 무거운 마음의 짐이 드러나는 듯했다.

수술은 예정대로 진행되었다. 예원은 여기저기 주사바늘을 꽂고 여전히 호흡기를 낀 채 수술실로 이동하기 전 가족들과 짧은 인사를 나눴다.

"예원아, 괜찮을 거야. 얼른 수술받고 건강해지자."

엄마는 금방이라도 눈물이 뚝뚝 떨어질 것 같은 눈으로 예원의 손을 잡고 떨리는 목소리로 말했다. 아빠는 옆에서 아무 말 없이 한숨을 푹 쉬고 있었다.

"잘 받고 와."

예나도 짧은 응원의 말을 건넸다. 가족은 예원이 덤덤한 척해도 얼마나 두려울지 어렴풋이 느끼고 있었다. 엄마가 잡지 않은 반대쪽 손이 덜덜 떨리고 있었다. 수술은 명예도 없는 생존을 위한 극한의 투쟁이다. 남은 사람들은 수술실 밖에서 예원이 혼자만의 투쟁을 무사히 잘 마치고 오기만을 간절히 바라는 수밖에 없었다.

긴 시간이 지나고 예원이 마취에서 덜 깬 채 중환자실로 돌아왔다. 예나는 목에도 꽂혀 있는 큰 주사바늘에 짐짓 놀랐지만 태연한 척하며 동생을 살폈다. 부모님도 고생했다고 담백하게 말할 뿐 다른 말은 덧붙이지 않았다. 다행인 건 수술을 마치고 예원이 빠르게 회복했다는 점이다. 이삼일 만에 자가 호흡이 가능하게 되면서 일주일 만에 일반실로 내려가도 된다는 확인을 받았다. 수술로 흉선을 제거한 것이 도움이 됐는지 아니면 약을 꾸준히 복용한 것이 수술 타이밍과 잘 맞았는지 알 수는 없지만 다행히 예원은 자가 호흡을 빠르게 회복했다.

"이렇게 나이가 어린 환자들은 종종 빠른 회복력을 보여주기도 합니다."

회진을 돌던 주치의가 무심한 얼굴로 말했다. 중환자실에서 내려와 일반실에서도 예나가 보호자 역할을 도맡았고 주말엔 부모님이 지방에서 올라와 조금이나마 쉴 수 있었다. 마치 신생아를 돌보는 것처럼 한 시간에 한 번씩 일어나 목에 뚫어놓은 구멍으로 석션을 해야 했고, 예원이 다시 걸음을 연습하기 전까지는 대소변도 다 받아내야 했다.

일반실 간호가 당연히 더 어려울 거라고 예나도 각오는 했지만 무거운 책임감을 견뎌내는 건 생각보다 더 힘들었다. 일반실에 내려온 첫날, 예나는 고통에 몸부림치는 예원의 소리를 듣고서 퍼뜩 잠에서 깼다. 기도에 차 있는 이물질 때문에 예원이 겨우겨우 가쁜 숨을 쉬고 있었다. 깜짝 놀란 예나는 얼른 일어나 기구를 들고 석션을 했다. 놀란 예나는 석션을 끝내고도 한참 서 있다가 다시 간이침대에 앉을 수 있었다. 수술도 잘 마쳤으니 곧 끝날 시간이라고 생각하면 견딜 수 있었지만 그렇다고 고통스럽지 않은 건 아니었다. 석션을 하느라 잠을 많이 못 자는 것도 힘들었지만 옷을 제대로 못 갈아입는 것도 고역이었다. 예나의 짐을 넣을 곳이 마땅치 않았기에 속옷은 두 개뿐이었고 날마다 빨아서 침대 뒤쪽 안 보이는 곳에 널어두면 먼지가 묻어나긴 했지만 그런대로 입을 수 있었다. 머리카락도 제대로 관리하지 못해 푸석푸석하고 빗질도 하기 힘들 만큼 엉켜 있었다. 그중 가장 힘들었던 것은 다른 침대 어르신들의 지적과 심부름이었다. 6인실에 입원한 환자들 중 예원을 제외하고는 모두 나이가 있으신 어르신들로 아무래도 몸이 아픈 분들이라 그런지 예민함이 극을 달렸다. 조금만 발소리가 커도 금방 신경질 섞인 짜증이 날아왔다. 특히 어린 축에 속하는 예나에게는 참지 않고 성급하게 화를 내는 어르신이 많았다. 서럽기만 할 뻔한 일반실 생활에서 유일하게 두 사람에게 힘이 되어줬던 건 맞은편 병상을 쓰던 할머니였다. 허리에 복대를 두르고 있어서 복대 할머니라고 불렀는데, 어린 자매를 얕잡아보던 사람들과 달리, 가끔은 침대 시트 갈기를 도와주기도 하고 환자복을 가져다주기도 하는 정 많고 다정한 사람이었다. 복대 할머니는 주말밖에 시간을 낼 수 없는 부모님 대신에 힘든 병원 생활에 의지가 되는 어른이었다.

"고생이 많지. 어린 나이에 이렇게 한다는 게 쉬운 일이 아니야. 이렇게 젊을 때 목에 구멍까지 뚫을 정도로 아픈 것도, 그런 동생 돌봐준다고 청춘을 잠깐 포기하는 것도 아주 어려운 일이지. 근데 그걸 해내고 있으니 얼마나 장해."

복대 할머니는 예원의 침대 옆에 앉아 예나에게 선물용 오렌지 주스 하나를 건네며 말했다.

"괜히 심술부리는 사람들 신경 쓰지 말어. 저 양반들도 다 아파서 그러는 거니. 젊은 사람한테 나이 든 사람들 이해해달라고 하는 게 참 미안하기는 하지만 그래도 어쩌겠어, 상황이 이런데."

"괜찮아요, 많이 도와주셔서 힘이 돼요."

예나가 오렌지 주스 뚜껑을 돌려 따며 말했다.

"그렇다면 다행이고. 이제 거의 다 나아가는 거지?"

"네, 조금만 더 재활 치료하고, 스스로 걸을 수만 있으면 된다고 하네요."

"아이고 그래, 고생 많았어. 한창일 나이에 이렇게 병원에 누워 있는 게 마음이 많이 아팠거든. 그 나이 때는 친구들이랑 놀러 다니고 하고 싶은 공부도 실컷 해보고 또 바보 같은 짓도 많이 해보는 게 일인데 말이야."

복대 할머니가 짓궂은 표정을 지으며 익살스럽게 말하자 예원과 예나가 웃음을 터뜨렸다. 웃음이 잦아들자 할머니는 두 사람을 번갈아 쳐다보며 말했다.

"행복하게 살아. 울지도 말고 힘들지도 말고 좋은 것만 보면서 좋은 말만 하면서 그렇게 살아. 아무 상관도 없는 나 같은 사람도 청춘들이 행복하기를 바란다는 말이야. 청춘이 청춘다운 게 세상에서 제일 예쁜 풍경이거든. 알겠지?"

두 사람은 고개를 끄덕였다.

위에 음식을 공급하기 위해 꽂아두었던 콧줄을 빼고 목에 기관 절개를 했던 구멍을 닫는 데에는 2주가 더 걸렸다. 주치의가 이제 회복하는 일만 남았다며, 일상으로 돌아가 정상적인 삶을 살면 몸이 더 빨리 회복될 거라면서 퇴원을 허락했다. 그 말을 듣는 순간, 그동안 고생했던 일들이 머릿속을 스쳐 지나갔다. 드디어 일상으로 다시 돌아갈 수 있을 거라고, 두 사람은 서로에게 고생했다는 말을 나누며 격려했다. 예원과 예나는 짧지만 긴 병원 생활을 마치고 기차를 타고 본가로 내려가던 날을 잊지 못한다.

본가에 도착하고 나서는 간병이 좀 쉬워지긴 했지만 일어나는 것부터 밥 먹는 것까지 여전히 도움의 손길이 많이 필요했다. 그래도 많이 호전된 상태에서 이제 곧 완전히 회복하겠다는 희망이 보였다.

"좀 어때, 괜찮아?"

"응."

"그래, 빨리 나을 수 있게 낫는 거에만 집중하자."

"응."

대답이 짧긴 했지만 이전보다 훨씬 빠른 반응에 정확한 발음이었다. 예원은 우물쭈물대다가 질문을 던졌다.

"언니, 진짜 민규 오빠 정리 다 했어?

"응, 마무리가 힘들긴 했지만 나를 위해서 그냥 행복한 추억으로 남겨두려고. 많이 배우고 성장하기도 했고."

"근데, 왜 그랬대?"

"그냥 하룻밤 일탈이었다고, 미안하다고 비는데 사실 용서해주고 싶은 마음이 굴뚝같긴 하더라. 그래도 곰곰이 생각해보니 예전처럼 순수한 마음으로 의심하지 않고 잘 지낼 수는 없을 것 같았어."

"병간호 하면서 그런 일까지 겪느라 고생했지…."

"고생했지. 생각보다 병원에 있는 기간이 길어서. 그 사이에 민규도 저러고 있고. 근데 지금은 진짜 괜찮아. 행복했던 추억으로 잘 남겨둘 수 있을 것 같아."

예원은 조용히 언니의 말을 들어주었다. 예나는 잠깐 추억을 회상하는 듯하다가 화제를 바꾸려 동생에게 질문을 던졌다.

"다 나으면 뭐부터 하고 싶어?"

"친구들 보고 싶지. 수빈이랑 태형이랑 상민이 셋이서 과

애들 혼내줬다는데 어떻게 됐는지 궁금하네."

"남자애 한 명 더 있지 않았어?"

"철호? 철호는 군대 갔대. 인사도 못 했어."

"휴가 나올 때 잘 놀아줘. 근데 너 남자 하난 잘 골랐던데?
태형이 진짜 괜찮은 애더라."

일반실에서 종종 태형이 예원의 휴대폰으로 예나와 연락
하며 안부를 물었던 걸 두고 말하는 것 같았다.

"사귀는 거 아니라니까."

"그러시겠지."

아니라고 극구 부인하는 예원에게 아랑곳하지 않고 예나
는 씩 웃어 보였다. 그런 언니를 잠깐 쳐다보다가 예원이 다
시 물었다.

"나 건강하게 취업도 하고 결혼도 할 수 있을까?"

"…당연한 걸 왜 물어."

예원은 이 모든 일이 일어난 몇 달 사이에, 당연한 일이 당
연하지 않다는 것을 알게 되었다. 중환자실에 누워 스스로 숨
도 쉬지 못하는데 과연 저 멀리 반짝이는 미래를 누릴 수 있
을까. 한편으론 우습기도 했다. 하루하루 충실히 살아가는 보
통의 삶이 이전에는 고루하게만 느껴졌는데, 이제는 간절히

원하는 것이 되었다.

"나 해외여행 가고 싶어."

"그래, 다 나으면 가자."

"유럽 갈까?"

"너 돈 있어?"

"응, 있어. 복권 당첨금 5천만 원. 비록 언니 돈이지만."

"참나."

예나는 헛웃음을 한번 지었지만 곧 그렇게 나쁜 생각은
아니라고 말해주었다.

"유럽 어디로 가고 싶은데?"

"다 돌아보고 싶진 않고, 언니랑 나랑 각자 두 나라씩 정
해서 2주 정도 살아보는 건 어때?"

"와, 좋다. 근데 나 취업해야 되는데 놀아도 되나? 취업 시
켜줄 거야, 니가?"

"언니, 내가 죽다 살았는데 취업이 문제야?"

"당연히 취업이 문제지만 고생한 나에게 보상을 주는 것
도 괜찮겠지."

"난 영국에 가보고 싶어. 프리미어리그 축구도 한 번 보고
싶고."

"난 스페인 한 번 가보고 싶었는데, 토마토 축제가 재미있어 보여서."

"아니, 축제 하면 독일이지. 옥토버페스트 몰라?"

두 사람은 다시는 못 할 수도 있다고 생각했던 대화를 하고 있다는 사실이 벅찼다. 예원은 다시 일상으로 돌아갈 준비를 하는 중이었다.

두 자매의 즐거운 대화 도중에 딩동, 울리는 초인종 소리가 들렸다. 열린 문 앞에는 웃는 얼굴의 태형이 서 있었다. 평범한 일상, 행복이었다.

작가의 말

2017년 무렵 직접 겪은 내용을 담아 이 소설로 재탄생시켰습니다. 우연히 책장에서 이때의 기록을 찾아 읽고 나서, 새 삶을 얻었음에도 여전히 숨가쁘게 살아가는 동생을, 지금의 20대들을 위로하고 싶었습니다. 그리고 혹시라도 같은 상황에 처해 있는 분들이 있다면 조그마한 위로가 되고 싶은 마음도 있었습니다. 행여나 어쭙잖은 위로가 될까봐 원고를 여러 번 고쳐 썼습니다. 부디 저의 진심만이 당신의 마음에 가 닿았기를 바랍니다.

당연히, 혼자만의 힘으로는 이 책을 펼쳐낼 수 없었기에 도움을 주신 모든 분들께 무한히 감사드립니다. 물심양면으로 도와주신 온유 작가님과 김수현 편집자님, 응원해준 식구들, 바쁜 와중에도 기꺼이 육아를 맡아준 남편, 그리고 교회 구역 식구들. 생산적인 관계를 맺으며 새로운 세상을 보여준 혜영쌤과 은희쌤께도, 표지 디자인을 맡아주신 요니킴 작가님께도 다시 한번 감사를 전합니다.

이 세상의 모든 예원이와 예나가 행복하기를 바라며.
나은 드림.

후원자 성명

강진희	김수현	박시현
고은희	김영근	박정환
권정숙	김옥임	박진규
기호용	김이영	박춘희
김다옥	노민영	박하은
김세나	디온	백기정
김세리	말랑	손옥선
김수헌	박보라	손진석

송미숙

신계영

신정범

양혜린

양희범

위혜영

윤수지

윤이

윤희식

이동윤

이동호

이선희

이순주

이유림

이채섭

이충열

이현숙

이희경

임대성

장석원

전용미

정오현

정재광

정현주

조우리

지효원

최윤림

한숙자

한예린

허소담

홍동원

홍정숙

희락

Makias

박주영·김수연

유지현·김명희

조문경·고중운

최성근·조명희

최순애·조원석

황보성·구점득

고안나(김예나·고기영)

반짝반짝 김예원
21살 그리고 중환자실

초판 1쇄 인쇄 2023년 1월 31일
초판 1쇄 발행 2023년 2월 3일

지은이 고나은
펴낸이 온유
교 정 김수현
표 지 요니킴
내 지 온유

펴낸곳 온유
등 록 2021년 8월 13일 제2021-000100호
주 소 (우) 07510 서울특별시 강서구 금낭화로 287-50(방화동), 702호
전 화 02-2664-7949
메 일 yts794902@daum.net

ISBN 979-11-975644-2-0 (03810)